廣嶋玲子 作
東京モノノケ 絵

もののけ屋

四 階フロアは妖《よう》怪《かい》だらけ

もくじ

もののけ屋　四階フロアは妖怪だらけ

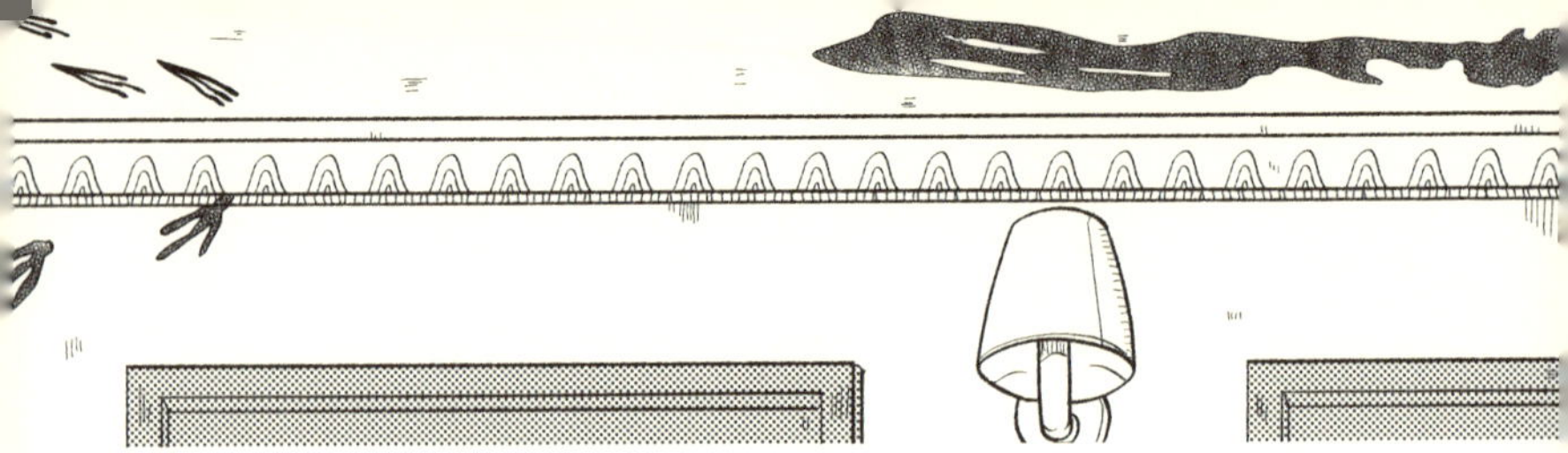

ああ、もう。面倒《めんどう》なことになったものよねぇ。

ほんとなら、今週は妖精竜《ようせいりゅう》の卵《たまご》をゲットしに行く予定だったのに。

もしかしたら、月光蟲《げっこうちゅう》の卵も手に入れられたかもしれないのに。

あ～あ、もう全部だいなし！

もののけ屋には世話になっているけど、こういう厄介《やっかい》なことを頼《たの》まれるのは困《こま》るわぁ。おつきあいもやめたくなるわよ、まったく。

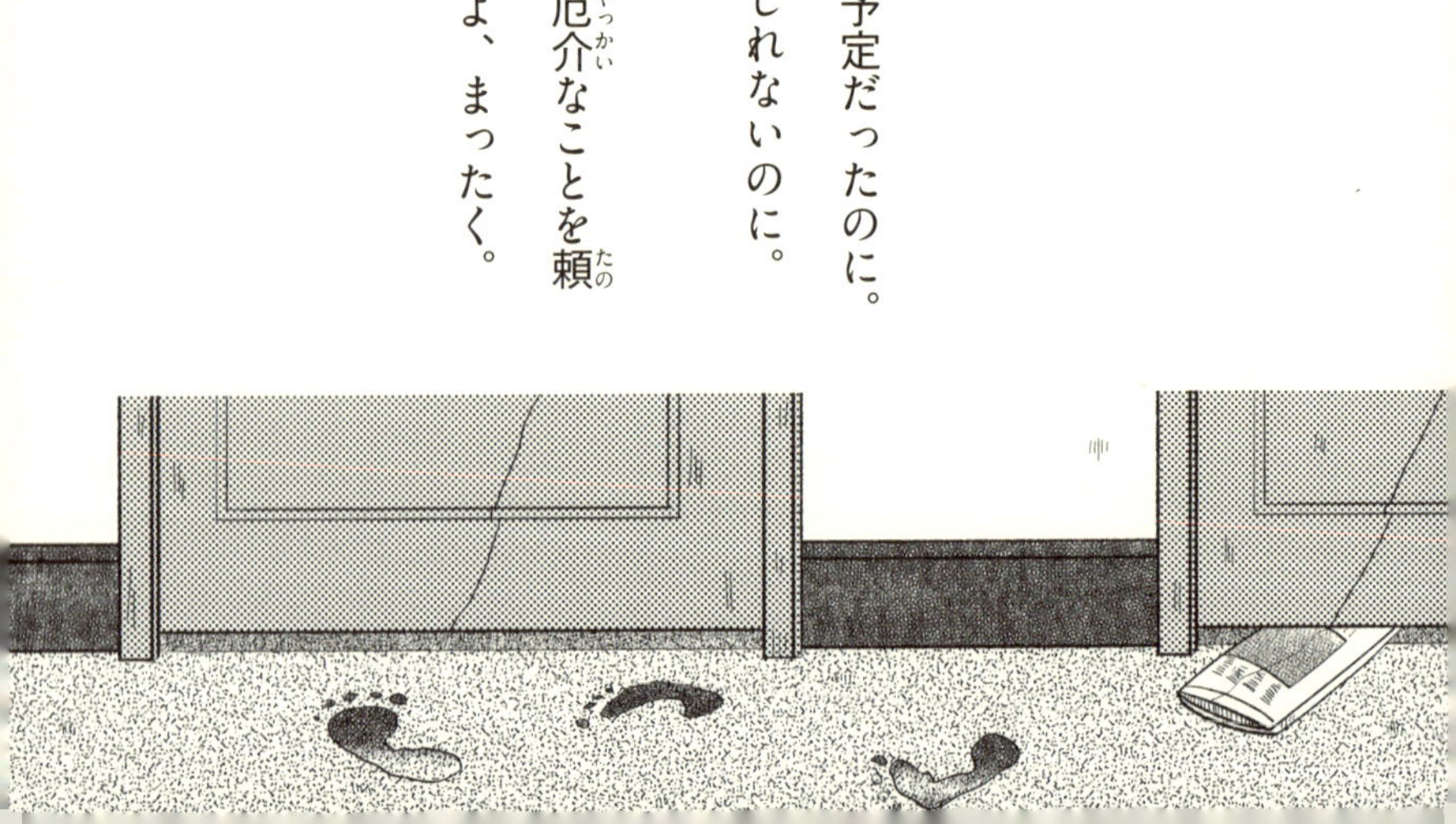

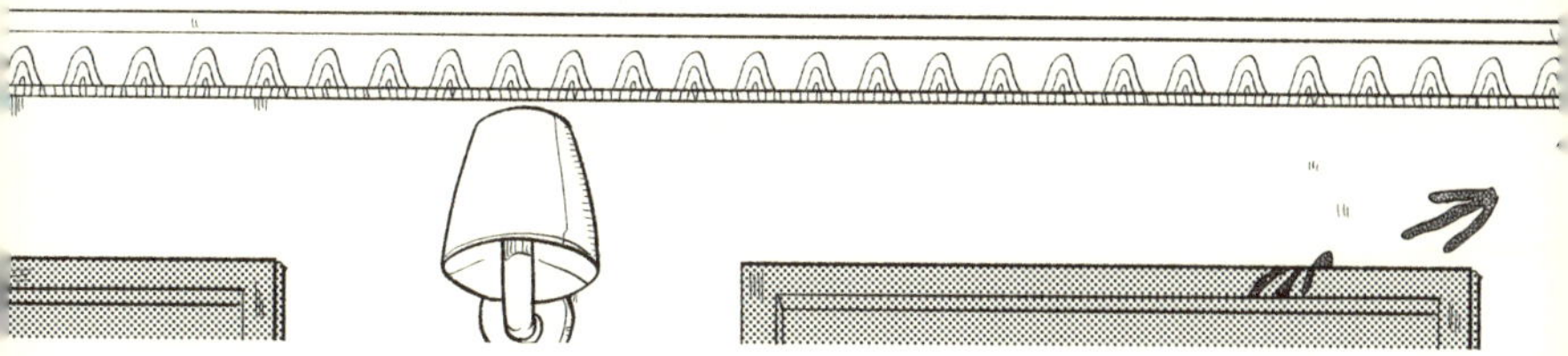

……ま、いいわ。あのかわいい庄司《しょうじ》君にまた会えるんだものね。

ついでに、また泣《な》いてもらえないものかしら？　あの子の涙《なみだ》って、

すごく役に立つのよねえ。

化け野《ばけの》ホテル

庄司《しょうじ》は小学四年生。臆病《おくびょう》で、弱虫で、とにかく怖《こわ》いものが大の苦手な男の子だ。

なのに、どういうわけか、怖いものに出くわすことが多い。

暗闇《くらやみ》の中で、薄暗《うすぐら》い路地の向こうで、得体《えたい》のしれないものがうごめいているのを、庄司は見てしまう。気づきたくないのに、気づいてしまう。そのたびに、心臓《しんぞう》がとびあがりそうになるのだ。

だが、庄司にとって最悪《さいあく》なのが、もののけ屋という男と知り合ってしまったことだ。

もののけ屋。お坊《ぼう》さんのように頭をそった大きな男。いつも赤と白のチェック柄《がら》の着物の上に、たくさんの妖怪《ようかい》を閉《と》じこめた派手《はで》な羽織《はおり》をまとっている。その羽織から、好《す》きな時に妖怪を取り出しては、子供《こども》たちに貸《か》してくれるのだ。

だが、庄司にはそれがいいことだとは思えなかった。だいたい、もののけ屋には怖いなにかを感じる。悪い感じはしないけれど、むやみに近づいてはいけないという気がしてならないのだ。

なのに、庄司はもう三回も、もののけ屋と出くわしていた。一回目は妖怪をおびきよせる餌《えさ》にされ、二回目は妖怪《ようかい》の卵《たまご》を孵化《ふか》させるのに利用《りよう》され、三度目はわけのわからない難癖《なんくせ》をつけられた。

「もののけ屋さんと会ってよかったことって、月丸《つきまる》がぼくのところに来たことくらいだよ」

しみじみつぶやきながら、庄司《しょうじ》は横にいる月丸の頭をなでた。

月丸は、庄司だけに見える秘密《ひみつ》の友達《ともだち》だ。見た目は銀色のしば犬に似《に》ているが、しっぽの先に青い炎《ほのお》をともしていて、なかなかかっこいい。

その正体は魔伏《まぶせ》という妖怪で、主である庄司を悪いものから守ってくれるという、頼《たの》もしいボディガードでもある。実際《じっさい》、月丸がそばにいるようになってから、庄司は怖《こわ》いものを感じることがぐっと少なくなった。

この調子でいけばいいなと思っていたのだが……。

甘《あま》かった。

ある夜のことだ。布団《ふとん》で寝《ね》ていた庄司は、いきなり体を持ち上げられるのを感じた。

「へ？　な、なに？」

庄司《しょうじ》は重たいまぶたを無理《むり》やり開けた。とたん、眠気《ねむけ》がふきとんだ。とんでもなく濃《こ》い顔が目の前にあったのだ。

ぎょろぎょろの大きな目玉に、ぼうぼうの黒ひげ。だるまにそっくりな大きな頭が、同じくらいの大きさの体の上にどどんと乗っている。

それだけでもインパクトがすごいのに、着ているものがまたすごい。あでやかな赤い地に、金と銀の菊《きく》がいっぱい咲《さ》き誇《ほこ》る着物を着て、目が痛《いた》くなるほどぎらぎらした青い帯《おび》をしめているのだ。おまけに、指にはごつい宝石《ほうせき》がはまった指輪《ゆびわ》をいくつもはめている。

「た、たまちゃん！」

庄司は悲鳴をあげていた。

この男は玉三郎《たまさぶろう》こと、たまちゃんだ。もののけ屋の知り合いで、妖怪《ようかい》などの卵《たまご》をあつかう卵屋なのだという。

月丸の卵《たまご》も、たまちゃんからもらったものだ。そのことは感謝《かんしゃ》しているが、できればもう二度と会いたくないと思っていたのに。

口をぱくぱくさせている庄司《しょうじ》に、たまちゃんはにこっと笑《わら》った。

「あら、起きちゃった？　ごめんなさいねぇ、庄司君。ちょっとこれから、夜のデートに付《つ》き合ってちょうだいな」

「え？　ええええっ、い、いや！　いやです！」

「むふふふ。いやだと言っても、離《はな》さないわよう」

もがく庄司をぎゅっとだきしめて、たまちゃんは窓《まど》から外へと飛び出した。暗闇《くらやみ》が二人を包《つつ》みこみ、びょうびょうと、風が渦《うず》を巻《ま》く。

庄司は気を失《うしな》いそうになった。

そして、はっと我《われ》に返ると、見たこともない野原に立っていた。

野原と言うより、荒《あ》れ野《の》と言うのだろうか。

枯《か》れ草《くさ》におおわれた大地が広がり、やせこけた木が数本、骸骨《がいこつ》のように立っている。

そして、庄司《しょうじ》の目の前には、大きな建物《たてもの》があった。

「な、なにこれ……」

庄司は目をぱちぱちとさせた。

すごく変《か》わった建物だ。日本のお城《しろ》のような屋根があるかと思えば、右側《がわ》のほうは洋風のレンガ造《づく》りになっている。ガラス窓《まど》があるかと思えば、障子《しょうじ》がはまっているところもある。とにかく、いろいろな家をでたらめにくっつけたかのようで、ごちゃごちゃとしていて、落ちつかない感じだ。

「家、じゃないよね、これ？」

「これはホテルよ」

「ふぎゃ！」

突然《とつぜん》の声に振《ふ》り向けば、後ろにたまちゃんが立っていた。

「た、たまちゃん……な、なんで、ぼくをさらったの？」

「さらっただなんて、人聞きの悪いこと言わないでちょうだいな。こんなの、ちょっ

北ヶ野ホテル

としたデートみたいなものよ。わくわくするでしょ？」

「……デートもいやです」

「まま、そう言わず。とにかく中に入りましょ。ここ、寒いしね」

うむを言わさず、たまちゃんは庄司《しょうじ》の手をつかんで、建物《たてもの》の中に入った。

建物の中は、なかなか立派《りっぱ》だった。床《ゆか》には赤いじゅうたんがしかれ、壁《かべ》や天井《てんじょう》にはアンティーク風のランプがかかっている。どこもかしこもぴかぴかだし、立派なソファーやテーブルも置《お》いてある。

でも、人っ子一人見当たらない。

きょろきょろしている庄司に、たまちゃんが言った。

「ここはね、化《ば》け野《の》ホテルっていうのよ」

「化け野ホテル……」

名前を聞いたとたん、ぞわぞわっと、ものすごい寒気が庄司の背中《せなか》を走った。とんでもないところに来てしまったんだと、わかったのだ。

「あら、もう感づいちゃった？　さすが庄司《しょうじ》君。鋭《するど》いわねえ」

たまちゃんは楽しそうに笑《わら》った。

「そうよ。ここは普通《ふつう》のホテルじゃないの。で、ちょっと困《こま》ったことになっててね」

「こ、困ったこと？」

「そう。だから、庄司君に助けてほしいの。ってことで、まずはこれを着て」

そう言うなり、たまちゃんはどこからともなく派手《はで》な羽織《はおり》をとりだし、ばさりと、庄司にかぶせたのだ。

庄司は悲鳴をあげて、羽織をはらいのけようとした。それもそのはず、この羽織はたくさんの妖怪《ようかい》を封《ふう》じたものなのだ。まるで百匹《ぴき》の妖怪に飛《と》びつかれたような心地になり、庄司はぴょんぴょんはねまわった。だが、羽織はまるで生き物のように庄司の手をかわし、するりと体にはりつく。

あれよあれよという間に、庄司はぶかぶかの羽織を着てしまっていた。

ひぐひぐと泣《な》く庄司の頭を、たまちゃんが撫《な》でた。

「ほらほら、泣《な》かないの。そんな怖《こわ》くないでしょ？　着心地もいいはずだし」

「そ、そういう問題じゃ、ひぐ、ありませんよ！　だ、だいたい、これ、もののけ屋さんの羽織《はおり》でしょ？　なんで、ひぐ、たまちゃんが持ってるんですか？」

「もののけ屋から預《あず》かったの。庄司《しょうじ》君に渡《わた》してくれって」

「……なんで、ぼくにぃ？」

「庄司君ならきっと自分を助けてくれるからって」

たまちゃんはふいに厳《きび》しい顔になった。

「じつはね、もののけ屋ね、ちょっと困《こま》ったことになっちゃったのよ。この化け野ホテルの支配人《しはいにん》と賭《か》けをしたんだけど、負けちゃって。何匹《びき》かの妖怪《ようかい》をとられちゃってね」

それを取り戻《もど》そうとしたところ、今度はもののけ屋自身が捕《つか》まってしまったのだという。

「もののけ屋がこの羽織に妖怪を集めているように、このホテルは部屋の中に妖怪を集めるの。妖怪《ようかい》が増《ふ》えれば増えるほど、ホテルは大きくなっていくってわけ。あ、話がそれたわね。とにかく、取られた妖怪たちは、このホテルの中に閉《と》じこめられているの。庄司《しょうじ》君には、それを見つけて、羽織《はおり》の中に戻《もど》してもらいたいのよ」

「む、無理《むり》です！」

「無理なはずないわ。庄司君ならできるって、もののけ屋が言っていたもの。ほら、あそこを見て」

たまちゃんは奥《おく》にあるカウンターを指さした。

「あのカウンターに行って、ベルを鳴らして。すると、支配人《しはいにん》が出てくるはずよ。どの部屋に泊《と》まりますかって、カギを見せられると思うから」

「カ、カギ？」

「そう。その中から、特《とく》にひきつけられるカギを取ってちょうだい。で、案内《あんない》された部屋の中で、妖怪を見つけてほしいの。大丈夫《だいじょうぶ》。庄司君ならできるから。ね、お願《ねが》い～ん！」

キスしそうなほど顔を近づけられ、庄司《しょうじ》はまた泣《な》いた。でも、どうあっても逃《に》げられないようだ。思わず、一緒《いっしょ》についてきた月丸を睨《にら》んだ。

「月丸～！　なんで助けてくれなかったんだよ～！　た、たまちゃんを追っ払《ぱら》ってくれれば、こんなことにならなかったのに！」

「あらやだ。あたしは悪意や敵意《てきい》を持っていないんだから。庄司君を食べたいとも思っていないこのあたしを、魔伏《まぶせ》が襲《おそ》うわけがないじゃないの。頭いい子よねえ。さすがあたしが育てた卵《たまご》の子だわ。よしよし」

たまちゃんになでられ、月丸は嬉《うれ》しそうにしっぽをふった。

これはだめだと、庄司は絶望《ぜつぼう》しながらカウンターに向かった。やりたくなかったが、このままじっとしていても、たまちゃんは庄司を家に帰してはくれないだろう。いやなことは早くすませてしまうに限《かぎ》る。

震《ふる》える手で、庄司はカウンターの上にあった銀色のベルを鳴らした。

ちーん。

402
401
302
301

澄《す》んだ音が響《ひび》いたかと思うと、突然《とつぜん》、一人の男が庄司《しょうじ》の目の前に現《あらわ》れた。黒いスーツをびしっと着こなした、スマートな男だった。目が細く、白くのっぺりとした顔は、マネキン人形を思わせる。一見、人間のように見えるが、おしりからはねずみのような長いしっぽがはえている。

かたまっている庄司をじっくりと見つめたあと、男はにやっと笑《わら》った。

「これはこれは。化け野ホテルへようこそ。わたくしは支配人《しはいにん》の幽月《ゆづき》と申します。当ホテルは人間用のサービスは取りおこなっていないのでございますが、なるほど、お客様なら申し分ございません」

庄司を見ながら、支配人は舌《した》なめずりをした。

「では、カギをお渡《わた》しいたしましょう。どのお部屋でも、お好《す》きなものをお選《えら》びくださいませ」

支配人の手の中に、五本のカギが現れた。どれも不思議《ふしぎ》な形をしていて、頭のほうには宝石《ほうせき》がはめこまれている。

だが、庄司《しょうじ》が惹《ひ》きつけられたのは、一本だけだった。青い宝石《ほうせき》がついたカギだ。

庄司がそれを選《えら》ぶと、支配人《しはいにん》の細い目がちかっときらめいた。

「ほほう。やはり、すばらしい素質《そしつ》をお持ちだ。これは楽しみでございます。お部屋は四〇二号室となります。どうぞ奥《おく》へ。エレベーターで四階にお上がりください」

「は、はい」

カギを持ち、庄司はたまちゃんのほうを振《ふ》り返った。

ところが、たまちゃんはいなかった。いつの間にか、消えてしまっていたのだ。

ぎょっとする庄司に、月丸が走り寄《よ》ってきた。自分がいるから心配しないでと言うように、庄司の足に頭をこすりつける月丸。どきどきする胸《むね》を必死《ひっし》でおさえ、庄司はなんとかうなずいた。

「そ、そうだね。月丸がいてくれるんだ。だ、だ、大丈夫《だいじょうぶ》だよね」

庄司は月丸と一緒《いっしょ》にエレベーターに乗りこんだ。このホテルは四階建《だ》てのようで、エレベーターのボタンは、四階までしかない。その四階のボタンを押《お》した。

うぃーんと、エレベーターが動きだし、すぐに四階へと到着《とうちゃく》した。おりてみると、そこは長い廊下《ろうか》になっていた。廊下の両脇《りょうわき》には、ずらっとドアが並《なら》んでいる。

「四〇二号室って言っていたっけ」

エレベーターからすぐのところに、その部屋はあった。黒いドアの上に、「四〇二」と数字が入っている。

息をつめながら、庄司《しょうじ》は鍵穴《かぎあな》にカギをさしこんだ。そのまま回すと、かちゃりと、カギがはずれる音がした。

「い、い、行くよ」

月丸に声をかけ、庄司はドアノブに手をかけた。

いつぞやの青足《あおあし》

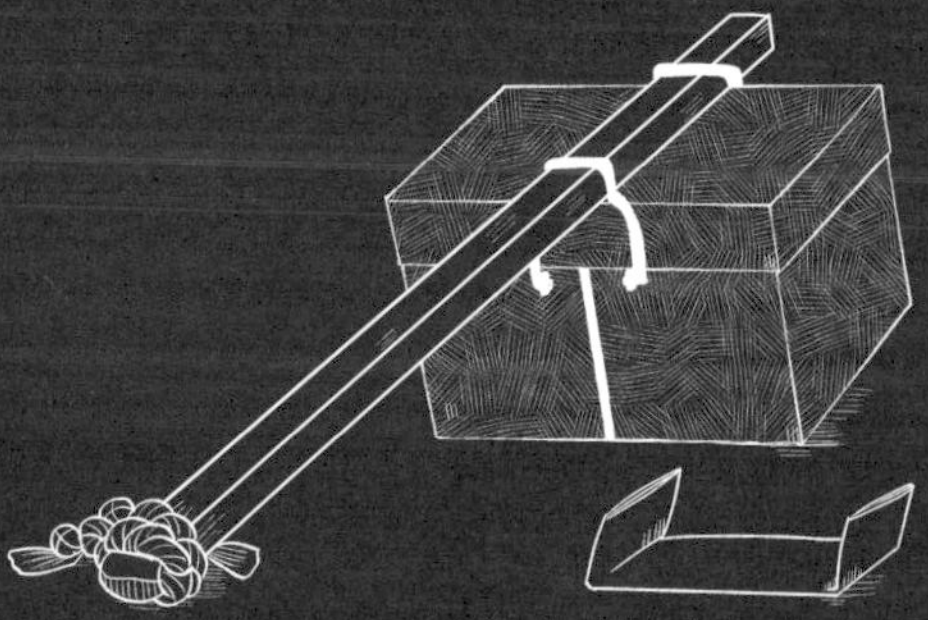

ドアを開いてみると、その先には暗闇《くらやみ》が広がっていた。庄司《しょうじ》は、おっかなびっくり中に入った。

一歩、二歩、三歩……。

おかしいなと思った。なんだか、いやに土や草の匂《にお》いがする。それに、なんだろう、この床《ゆか》は？　ごつごつしていたり、ふかふかしていたり、よくわからない。

首をかしげた時、すうっと、明るくなってきた。

庄司は目を丸くした。てっきり、部屋の中にいると思っていたのに。そこは、どう見ても山の中だった。まわりはおいしげった木々ばかり。どこからか鳥や獣《けもの》の鳴き声も聞こえてくる。

「な、なんで？　なんで、ホテルの部屋の中が山になってるわけ？」

戻《もど》ろうとしたが、すぐ後ろにあったはずのドアが見当たらない。

おろおろとしていた時だ。ふいに、月丸がうなった。なにかが向こうから来るようだ。

庄司はあわててしげみに身を隠《かく》した。息を殺《ころ》していると、向こうから一人の若《わか》い男が走ってきた。

またまた庄司《しょうじ》は驚《おどろ》いた。男は、ずいぶん変《か》わった格好《かっこう》をしていたのだ。頭はちょんまげで、着物を着ているのだが、上のほうは脱《ぬ》いでいて、下も腰《こし》までたくしあげている。ほとんど裸《はだか》みたいな感じだ。小さな箱をくりつけた棒《ぼう》を肩《かた》に乗せて、「ほっ、ほっ、ほっ！」と、息を吐《は》きながら走ってくる。

庄司ははっとした。あの姿《すがた》は、時代劇《じだいげき》で見たことがある。確《たし》か、飛脚《ひきゃく》だ。手紙を届《とど》ける、江戸《えど》時代の郵便屋《ゆうびんや》さんだ。

なんで飛脚がいるんだろう？　首をかしげる庄司の目の前を、どびゅっと、飛脚が駆《か》け抜《ぬ》けた。そのまま、ものすごいスピードで走っていく。こんな山道を、あんな速さで走れるなんて、すごい足だ。

「ま、待って」

声をかけたが、みるみる男は遠ざかっていく。とても無理《むり》だ。追いつけそうにない。

あきらめかけた庄司《しょうじ》の足の間に、月丸が走りこんできた。と思うと、その体がいきなり大きくふくらんだ。

「うわっ!」

庄司を乗せて、月丸が走り出した。イノシシのように、まっしぐらに男を追っていく。庄司は月丸の首に必死《ひっし》でしがみついた。落とされたら大変《たいへん》だからだ。

あれよあれよと言う間に、男に追いついた。走る男の横に並《なら》んだが、男は庄司たちを見ようともしない。

「ぼくらのことが見えないんだ」

そう気づいた庄司の頭の中に、不思議《ふしぎ》な光景《こうけい》が流れこんできた。

利吉《りきち》は、江戸《えど》で一番の飛脚《ひきゃく》だと言われていた。とにかく、足が速いのだ。若《わか》いから、長く走り続《つづ》けられるし、山道も坂道もなんのその。ほかの飛脚が一日がかりで行く道のりも、半日で駆《か》けてしまう。

でも、「おまえはすごい」と、親方や仲間《なかま》にほめられても、利吉《りきち》は天狗《てんぐ》にはならなかった。利吉はこの仕事に誇《ほこ》りを持っていた。走ることは大好《だいす》きだし、大事な手紙を運び、人様から感謝《かんしゃ》されるのは嬉《うれ》しかった。

だから、いつも思っていた。「あっしはもっと速く走らなきゃならねえ」と。

毎日毎日、利吉はひまさえあれば走り、ひたすら足を鍛《きた》えることに熱中《ねっちゅう》した。

そんなある日のことだ。利吉は一通の手紙を渡《わた》された。

なんとしても明日の朝までに届《とど》けてほしい。

そう言ったのは、身分の高そうな武家《ぶけ》の奥方《おくがた》だった。

「私《わたし》の息子は、江戸《えど》を離《はな》れ、とある剣術道場《けんじゅつどうじょう》にて修行《しゅぎょう》を積《つ》んでいます。……夫《おっと》が病に倒《たお》れてしまいました。息子が戻《もど》らぬまま、夫が亡《な》くなってしまったら、欲深《よくぶか》い叔父《おじ》一家に、我《わ》が家は乗っ取られてしまいます。お願《ねが》いです。この手紙を渡し、すぐにこちらに戻ってくるように息子に伝えてください」

届け先は、山を一つ越《こ》えたところにある村だった。利吉の足なら、明日の朝どころか、今夜のうちに到着《とうちゃく》できるだろう。

「まかせておくんなさい」

頼《たの》もしく引き受け、利吉《りきち》は手紙を持って走り始めた。

早く。一刻《いっこく》も早く手紙を届《とど》けてあげよう。奥方《おくがた》はずいぶんやつれていた。夫《おっと》が病気で、親戚《しんせき》に家を狙《ねら》われていて、さぞ心細いことだろう。息子が戻《もど》れば、奥方はきっと笑顔《えがお》になるはず。

その一心で、利吉は走った。

だが、思わぬことが起きた。山の途中《とちゅう》の道が土砂《どしゃ》でふさがれていたのだ。

「こりゃまずい。きっと、おとといの大雨のせいだな」

しかたないと、利吉は道をそれた。獣道《けものみち》を行くことにしたのだ。少し厄介《やっかい》だが、こちらのほうが近道にもなるだろう。

でも、それは間違《まちが》いだった。ぬかるんだ土で足を滑《すべ》らせ、利吉は崖《がけ》のような斜面《しゃめん》を転がり落ちてしまったのだ。そのまま強く頭を打って、気を失《うしな》った。

猟師《りょうし》に助けられ、利吉《りきち》が山小屋で目を覚《さ》ました時には、すでに翌日《よくじつ》の朝になってしまっていた。

「いけねぇ！」

利吉は真っ青になり、慌《あわ》てて起き上がろうとした。とたん、ものすごい痛《いた》みが走った。足をひどくくじいていたのだ。

それでも利吉は手紙を持って歩きだした。猟師が止めるのも聞かず、歯を食いしばりながら、一歩、また一歩と、先へ進む。

早く届《とど》けなくては。手紙を届けなくては。

だが、どんなにがんばっても、のろのろとしか進めない。この時ほど速い足がほしいと思ったことはなかった。

結局《けっきょく》、利吉が奥方《おくがた》の息子のところにたどりついたのは、三日後だった。

息子は手紙を読み、急いで家に戻《もど》った。が、すでに病気だった武家《ぶけ》の当主は亡《な》くなっていた。親の葬式《そうしき》にも来ない子供《こども》は跡取《あとと》りにふさわしくないと、叔父《おじ》一家は家を乗っ取り、奥方《おくがた》たちを追い出してしまったという。

そうしたことをあとから聞かされ、利吉《りきち》は泣《な》いた。

自分のせいだ。自分がちゃんと手紙を届《とど》けなかったから。もっと速い足があれば、間に合ったかもしれないのに。

家に閉《と》じこもり、利吉はひたすら自分を責《せ》めた。足を怪我《けが》し、走れなくなってしまったこともまずかった。根がまじめなだけに、どんどん絶望《ぜつぼう》は深まり、利吉はやつれていった。

そして……。

はっと気づいた時、利吉はあの山道を走っていた。

また走れる。走れるのだ。

ほかのことはどうでもよくなり、利吉は足に力をこめた。今度こそ、手紙を届けないと。二度としくじらないよう、とにかく全力で走らなくては。

だが、どれほど走っても、目的の場所は見えてこない。同じところをぐるぐると回っているかのように、山道から抜《ぬ》け出せないのだ。急がなくてはならないのに。利吉《りきち》は焦《あせ》って、もっと速く走ろうとした。そして、走ることに熱中《ねっちゅう》するあまり、いつの間にか、どこに行こうとしていたのかを思い出せなくなっていた。なにをしたかったのかも忘《わす》れた。いまや「速く走りたい」という思いだけが、利吉の心を支配《しはい》していた。

走り続《つづ》ける利吉。その姿《すがた》は青い炎《ほのお》に包《つつ》まれていた。

庄司《しょうじ》ははっと我《われ》に返った。

今、ぼくはなにを見ていたんだろう? 幻《まぼろし》? いや、そうじゃない。きっと、利吉って人の記憶《きおく》だ。今のは本当にあった出来事だったんだ。

そう思い、横を向いたところで、また息をのんだ。

いつの間にか、走っていた男の姿《すがた》が消えていた。代《か》わりに、青い炎《ほのお》に包《つつ》まれた二本の足が、ものすごい勢《いきお》いで駆《か》けている。

絶句《ぜっく》している庄司《しょうじ》に、ふいに青い足が声をかけてきた。

「足をくれるかい？　足がほしいんだ。もっと速い足が」

飢《う》えた声だった。ぞっとするような声だった。でも、悲しい響《ひび》きもそこにはある。

庄司は怖《こわ》くて震《ふる》えながらも、そっと返事をした。

「足はあげられないけど、居場所《いばしょ》をあげるよ。いつまでもここにいるのは……よくないと思うから」

「居場所？　あっしが行くべき場所ってことかい？」

「うん」

庄司は足に向かって手をさしのべた。どうしてか、そうしたほうがいいと思ったのだ。

足の動きは少しずつゆるやかになり、やがてついに立ちどまった。そして、庄司のほうへと踏《ふ》み出してきたのだ。

そのとたん、青い足は消えた。かわりに、庄司は体が一瞬《いっしゅん》だけ重くなった。いや、違《ちが》う。着こんでいる羽織《はおり》が重くなったのだ。

見れば、袖《そで》のところに柄《がら》が一つ、増《ふ》えていた。青い炎《ほのお》をまとった、青い足の柄。

「青足《あおあし》……」

頭に浮《う》かんだ名前を、庄司《しょうじ》はつぶやいた。

次の瞬間《しゅんかん》、さあっとその場が暗くなった。木立が消え、草木の匂《にお》いも消えうせる。

はっと気づいた時には、庄司は月丸と一緒《いっしょ》に、化け野ホテル四階のエレベーター前に戻《もど》っていた。

秘守《ひもり》のいまはむかし

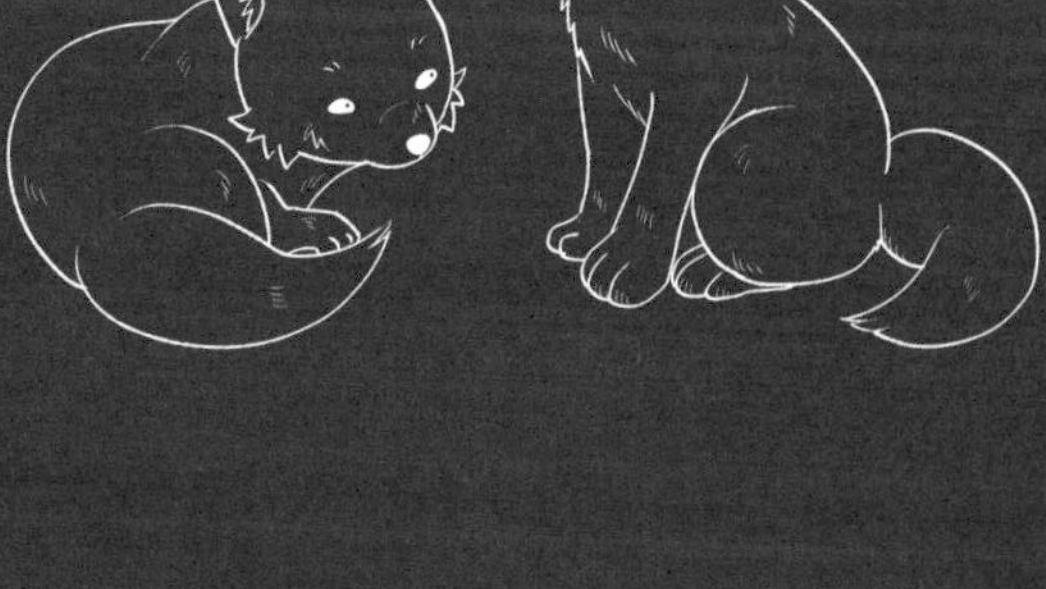

「おめでとうございます」

ぱちぱちと拍手《はくしゅ》をしながら、あの支配人《しはいにん》が庄司《しょうじ》の前に現《あらわ》れた。

「見事に青足を取り戻《もど》されましたね。やはり見こんだとおりのお客様だ」

「あ、あの……怒《おこ》ってないんですか？」

「とんでもない。勝負はこうでなくてはおもしろくありません」

笑《わら》いながら、支配人はまたいくつかのカギを取り出した。

「ささ、次のお部屋をお選《えら》びください」

「……まだあるんですか？」

「もののけ屋様の妖怪《ようかい》はあと二匹《ひき》、滞在《たいざい》しておられます」

「……そう、ですか」

あと二回はがんばらなくてはならないらしい。

とほほと思いながら、庄司は今度は黄色いカギを選んだ。それが一番輝《かがや》いて見えたからだ。

支配人《しはいにん》がにやりとした。

「ますますもって、お客様には我《わ》がホテルに滞在《たいざい》していただきたくなりましたよ。では、どうぞ四〇五号室へ」

「はい」

月丸を連《つ》れて、庄司《しょうじ》は廊下《ろうか》を歩きだした。四〇五号室の扉《とびら》を見つけ、もらったカギを使って中に入る。

部屋の中は、最初《さいしょ》は真っ暗だった。だが、ふいに、「これは秘密《ひみつ》よ」と、小さな声が聞こえてきたのだ。

沙世《さよ》は里長《さとおさ》の娘《むすめ》で、八歳《さい》だ。里一番のおてんばで、毎日近くの野山を走り回って遊んでいる。

沙世には、相棒《あいぼう》がいた。同い年の娘、ねねだ。

ねねには両親も身内もいなくて、里長である沙世の家が面倒《めんどう》を見ている。沙世《さよ》にとっては一番の友達《ともだち》であり、妹のようなものだ。実際《じっさい》、いつも二人でくっついているので、まるで双子《ふたご》のようだと、村の人たちからは言われている。

二人は本当に仲《なか》がよかったけれど、やっぱりちょっとえばっているのは、沙世のほうだった。

ある日のことだ。いつものように、沙世はねねを連《つ》れて、山に遊びに行った。季節《きせつ》は春。天気もよく、風は優《やさ》しく、花や若葉《わかば》でいっぱいの木立を歩くのは楽しかった。ついつい気持ちもはずんできて、二人はいつもよりも遠くまで来てしまった。

やがて、小さな滝《たき》にでくわした。

「やった！　水を飲もう、ねね。のど乾《かわ》いちゃったもの」

「うん」

滝の水は冷《つめ》たくて、すくって飲むと、本当においしかった。ついでに、ひょうたんの中にもつめておこうとした時だ。

ねねがはっと息をのんだ。

「どうしたの、ねね？」

「沙世《さよ》ちゃん。あそこ見て。あの、大きな木の下」

ねねが指さしたほうには、白いものがいた。

沙世は最初《さいしょ》、兎《うさぎ》かと思った。でも、違《ちが》った。狐《きつね》だった。真っ白な子狐が二匹《ひき》、ころころとじゃれあって遊んでいるのだ。その美しい毛並《けな》み、愛《あい》らしさに、沙世は目を奪《うば》われた。

「うそみたい。白い狐なんて……ねね、もっと近くに行ってみよう」

「う、うん」

近づいてくる沙世たちを見ても、子狐たちは怖《こわ》がらなかった。逃《に》げもせず、きょとんとした目でこちらを見つめてくる。

と、ねねが自分の細帯《ほそおび》を解《と》いて、蛇《へび》のようにくねくねと動かし始めた。子狐たちはさっそく飛びついてきた。細帯にかみついたり、ひっぱったりと、大はしゃぎだ。

ねねも沙世も嬉《うれ》しくなってしまった。

「ねね、あたしにもやらせて。ほら、早くかわってよ」

「いいよ」

「さ、ほら、おいでおいで」

二人は夢中《むちゅう》で子狐《こぎつね》たちと遊んだ。

時はあっという間にたち、そろそろ山をおりなくてはならない時刻《じこく》になった。

「そろそろ帰らなきゃ」

名残惜《なごりお》しそうな顔をしながら、ねねが言った。

たちまち沙世《さよ》はふくれっつらになった。膝《ひざ》の上には子狐が乗っていた。もうすっかり子狐たちと仲良《なかよ》くなっていたのだ。

「もう少しくらいいいじゃない」

「でも……暗くなる前に山をおりないと。遅《おそ》くなったら、みんなが心配するし。それに、怒《おこ》られちゃうよ？」

ねねの言うとおりなので、沙世はしぶしぶうなずいた。

「……わかった。そのかわり、また明日来ようね」

「うん。この子たちとまた遊びたいものね」

子狐《こぎつね》たちに別《わか》れを言って、二人は山道をくだりはじめた。

途中《とちゅう》で、沙世《さよ》が言った。

「そうだ、ねね。これは秘密《ひみつ》よ。白い子狐たちのことは、あんたとあたしだけの秘密。いい？　誰《だれ》にも言っちゃだめよ。約束《やくそく》できる？」

「もちろん」

ねねはうなずいた。

「白い狐なんて、すごく珍《めずら》しいものね。もしかしたら、山の神様の使いかも。大事にしなきゃね」

「そうそう。うんと大事にしてあげなきゃ。だから秘密なの。いいわね？」

こうして、二人は秘密を作ったのだ。

それから毎日、沙世とねねは白い子狐たちに会いに行った。

名前もつけた。少し大きいほうが吹雪《ふぶき》。小さいほうが小雪《こゆき》。

子狐《こぎつね》たちは賢《かしこ》くて、すぐに名前をおぼえ、呼《よ》べば走ってくるようになった。

親狐にも会った。大きな赤狐で、いつも少し離《はな》れたところから子供《こども》たちのことをじっと見守っている。どうやら沙世《さよ》たちのことを友達《ともだち》だとわかってくれたようだ。二人は安心して、思う存分《ぞんぶん》子狐たちと遊ぶことができた。

でも……。

沙世はだんだんいらいらしてきた。子狐たちが、自分よりねねになついていると気づいてしまったからだ。

二人で同時に呼《よ》んでも、子狐たちは必《かなら》ずねねのほうに駆《か》け寄《よ》っていく。「遊んで」とじゃれつくし、捕《つか》まえた虫を得意《とくい》そうに見せにくる。沙世にはあまりしてこないのに。

焦《あせ》った沙世は、家から食事の残《のこ》り物をたくさん持ってきて、せっせと食べさせた。子狐たちは大喜《おおよろこ》びで食べるのだが、食べ終わるなり、またねねのところに行ってしまう。

沙世《さよ》は悔《くや》しくてたまらなかった。子狐《こぎつね》たちになつかれているねねに、とにかく腹《はら》が立った。

子狐たちを見つけたのが、自分だけだったらよかったのに。いや、いっそこの子狐たちに出会わなければよかったのに。

そんな黒い気持ちがわくようになった。

ある日のことだ。里に知らせがもたらされた。都におわす帝様《みかど》が、不思議《ふしぎ》な夢《ゆめ》をご覧《らん》になったというのだ。

夢の中で、帝様は黒く冷《つめ》たい泥《どろ》の中にいるのだという。もがけばもがくほど、泥に沈《しず》んでいってしまう。と、雪のように白い狐が現《あらわ》れる。狐は長い尾《お》を使って、帝様を泥からひっぱりあげ、助けてくれるのだという。

その夢を何度も見た帝様は、占《うらな》い師《し》に相談した。占い師はこう言った。

「黒い泥は、あなた様に恐《おそ》ろしい災《わざわ》いが近づいているということ。そして、白い狐は神の使い。白い狐《きつね》を見つけ、この都へ。帝様《みかど》のおそばに置《お》けば、必《かなら》ずや災いは消え、お命は助かりましょう」

そこで、帝様はお触《ふ》れを出されたのだ。白い狐を生け捕《いど》りにし、都に連《つ》れてきた者には、たくさんの褒美《ほうび》を与《あた》えると。

この知らせは、あっという間に里に広まった。「白い狐などいるわけがない」と言いつつ、「もし見つけられたら、すごい褒美が手に入るのに」と、切なげにため息をつく大人たち。

そんな中、沙世《さよ》とねねは目を交わした。そっと、お互《たが》いの口に指をあててみせた。

言わないよね？

もちろん。そっちも言っちゃだめよ。

でも、その夜……。

沙世は、父親の里長《さとおさ》に聞いたのだ。

「白い狐の居場所《いばしょ》を教えたら、あたしに赤い晴れ着を買ってくれる？」

「ははは。いきなりなんだ、沙世《さよ》？　ああ、もちろん。帝様《みかど》のご褒美《ほうび》が手に入れば、赤い晴れ着だろうが髪飾《かみかざ》りだろうが、ほしいものをなんでも買ってやるとも」

「……………」

「どうした、沙世？」

「……それなら、教えてあげる」

自分よりねねになついている子狐《こぎつね》なんて、もういらない。それより、きれいな着物や髪飾りが手に入ったほうがいい。

ねたみと欲《よく》から、沙世は秘密《ひみつ》を打ち明けたのだ。

次の日、沙世の父親は数人の男を連《つ》れて、山へ入っていった。そして夕方、吹雪《ふぶき》と小雪《こゆき》を籠《かご》に入れて、山をおりてきた。

捕《と》えられた子狐たちは、すぐに都へと運ばれていった。沙世は見送らなかった。きゅんきゅんと悲しげに鳴く子狐たちの声が耳に痛《いた》くて、馬屋の影《かげ》に隠《かく》れたのだ。

耳をふさいでやりすごしていると、いきなり泥《どろ》のかたまりをぶつけられた。びっくりして顔をあげると、そこにねねがいた。見たこともないほど怖《こわ》い顔をして、目からは涙《なみだ》があふれている。

ねねは泣《な》きながらわめいた。

「親狐《おやぎつね》は殺《ころ》されたって！　あんたの父さんにかみつこうとして、や、矢を三本も打ちこまれたって！　みんな、沙世《さよ》ちゃんのせいだよ！　なんで秘密《ひみつ》をしゃべったの？なんで？」

「あ、あたしは……だって、しょうがないじゃない！　み、帝様《みかど》をお助けするためなんだから」

「そんなの、うそ！　うそうそ！　うそつき！」

ふいに、ねねは沙世のことをじっとりと睨《にら》んだ。汚《きたな》いものを見るような目だった。

「沙世ちゃんは約束《やくそく》をやぶった。山の中でした約束は、山神様が聞いているから、絶《ぜっ》対《たい》に守らなきゃならないのに。……沙世ちゃんには、山神様のばちがあたるよ！」

ここで、沙世の母親が馬屋にやってきて、ねねのことを追い払《はら》ってくれた。沙世はほっとしたけれど、ねねの言葉が頭から離《はな》れなかった。

山神様のばちがあたる？　あたしに？　……もし、本当にそうなったら、どうしよう？

不安がる沙世《さよ》に、母親が笑《わら》った。

「ねねちゃんの言うことなんて気にすることないわよ。おまえは帝様《みかど》をお助けするために、しかたなく約束《やくそく》をやぶったんでしょう？　山神様だって、ちゃんとわかってくださるわよ」

「……うん。そうだね。そうだよね」

「そうですとも。ねねちゃんこそ、困《こま》ったもんだわ。子狐《こぎつね》たちを自分のものとでも思っているのかしら？　もうちょっと賢《かしこ》い子だと思っていたんだけど」

母の言葉に、沙世は自信《じしん》をとりもどした。

そうだ。吹雪《ふぶき》と小雪《こゆき》はもう帝様のものなのだ。それがわからないねねは馬鹿《ばか》だ。しばらく、ねねとは遊ばないでおこう。しばらくして、ねねが「ごめんなさい」と謝《あやま》ってきたら、また仲良《なかよ》くしてやればいい。

そう思ったのだが……。

沙世《さよ》がねねと遊ぶことは、二度となかった。

その日のうちに、ねねは姿《すがた》を消したのだ。みんなで捜《さが》したが、数日たっても見つからなかった。

山に入って、迷子《まいご》になってしまったのかもしれない。狼《おおかみ》か熊《くま》に出くわしてしまったのかもしれない。かわいそうだが、あの子のことはもうあきらめよう。

大人たちの言葉に、沙世は真っ青になった。

ねねがいなくなった。妹みたいなねねが。確《たし》かに腹《はら》も立ったけど、あの子のことはやっぱり好《す》きなのに。いやだ。見つけなきゃ。みんながあきらめても、あたしはあきらめない。絶対《ぜったい》見つけてみせる。きっとあそこだ。あの滝《たき》のところに、ねねはいる。感じる。誰《だれ》よりもねねのことを知っているから、わかるのだ。

沙世は走りだした。ごほうびに買ってもらった赤い着物が、泥《どろ》で汚《よご》れても、木の枝《えだ》にひっかかってやぶけそうになっても、気にしなかった。それどころではなかったからだ。

無我夢中《むがむちゅう》で走り、あの滝《たき》へとたどりついた。

そこにねねはいなかった。

かわりに、子狐《こぎつね》が二匹《ひき》いた。どちらも雪のように白い毛並《けな》みをしている。

「うそ……」

沙世《さよ》は目を何度もこすった。

そんな、馬鹿《ばか》な。でも、間違《まちが》いない。吹雪《ふぶき》と小雪《こゆき》だ。都に向かっているはずなのに、どうしてここにいるのだろう?

「ふ、吹雪? 小雪、だよね? こ、こっちにおいで。ほら」

恐《おそ》る恐る呼《よ》んでみた。だが、子狐たちはまったく動かない。じっと、沙世を見つめている。

いや、違う。これは睨《にら》んでいるのだ。

沙世《さよ》は怖《こわ》くなった。体が芯《しん》から冷《つめ》たくなる。

逃《に》げようと、あとずさりをした時だ。子狐《こぎつね》たちの後ろのしげみから、ぬっと、大きな白いものが出てきた。

「ひっ……」

沙世は今度こそ凍《こお》りついた。

大きな、化け物みたいに大きな白狐《びゃっこ》だった。

子狐たちを守るように前に出ながら、白狐は氷のような目で沙世を睨《にら》んできた。怒《いか》りと憎《にく》しみのこもった、恐《おそ》ろしい目。なのに、なんということだろう。沙世はこの目をよく知っているのだ。

「ねね……」

思わず呼《よ》びかけたとたん、白狐がぎゃおおっと甲高《かんだか》く鳴いた。

白狐の影《かげ》がぎゅうっと伸《の》びて、沙世に襲《おそ》いかかってきた。それはつるくさのように、沙世の全身にからみつき、着物へ、肌《はだ》へと食いこんできた。

呪《のろ》いだ。呪いを受けた。

それだけははっきりとわかった。

そのあとのことは、沙世《さよ》は覚《おぼ》えていない。

気づけば、里に戻《もど》っていた。そして、里は大騒《おおさわ》ぎとなっていた。都に運ばれていた白い子狐《こぎつね》たちが、奪《うば》われたという知らせがもたらされたところだったのだ。

奪ったのは、狼《おおかみ》のように巨大《きょだい》な白狐《びゃっこ》だったという。

それを聞いて、沙世《さよ》の頭に、先ほどの白狐の目がよみがえってきた。

凍《こお》りつくような恐《おそ》ろしい目。許《ゆる》さないと告《つ》げる目。あれはねねだ。きっと、山神様に身を捧《ささ》げて、大狐《おおぎつね》になったのだ。子狐たちを守るために。

それに比《くら》べて、自分は何をした？

大事な秘密《ひみつ》を守らなかった。約束《やくそく》をやぶって、子狐たちを売り渡《わた》そうとした。きっとばちがあたる。ばちがあたってしまう。

なにより、ねねにはもう二度と会えないだろう。ねねは、沙世のことを「裏切《うらぎ》り者」

として切り捨《す》てたのだから。

うわあっと、沙世《さよ》は頭をかかえた。

ごめんなさい。本当にごめんなさい。やりなおしたい。もしやりなおせるなら、必《かなら》ず秘密《ひみつ》を守るから。今度こそ、誰《だれ》にも言わないと誓《ちか》うから。お願《ねが》い。許《ゆる》して、山神様。許して、ねね。

泣《な》きわめく沙世を見て、大人たちはぎょっとした。沙世の顔や手足、着物には、禍々《まがまが》しい黒いうずまき模様《もよう》がはりついていたからだ。

沙世はそのまま熱《ねつ》を出して、ついには寝込《ねこ》んでしまった。だが、熱にうなされている間も、ねねの声が体をしばり、白狐《びゃっこ》の恐《おそ》ろしい姿《すがた》が目の前をちらついた。

「許して」

朦朧《もうろう》としていると、ふいに、不思議《ふしぎ》なものが見えてきた。

それは銀色の獣《けもの》をつれた、一人の少年だった。沙世よりも少し年上で、髪《かみ》は短く、見たこともない奇妙《きみょう》な着物をまとっている。

「君はずっと……後悔《こうかい》していたんだね？」

少年は言った。心のこもった優《やさ》しい声に、沙世《さよ》は少し胸《むね》の苦しさがやわらぐのを感じた。

「うん。ほ、本当にひどいことをしてしまったから……やりなおしたいの。もう絶対《ぜったい》、秘密《ひみつ》を打ち明けたりしない。今度こそ守りたいの！　誰《だれ》の秘密でもいい。絶対に守ってみせるから！」

そうすれば、ねねと狐《きつね》たちと山神様に謝《あやま》ることができる。そうする資格《しかく》が与《あた》えられる気がする。だから守らせて。あたしに秘密を守らせて。

「それなら、ぼくと一緒《いっしょ》に行こう」

そう言って、少年は手を差《さ》し出してきた。

「行こう。ここにいたら、ずっと後悔《こうかい》したままだよ。大丈夫《だいじょうぶ》。もう君は、ちゃんと秘密を守れる子になったんだから。……そうだよね、秘守《ひもり》？」

ささやくように呼《よ》ばれたとたん、沙世の体がしゅっと縮《ちぢ》んだ。

かわりに現《あらわ》れたのは、トカゲに似《に》た生き物だった。赤い体にはうずまき模様《もよう》があり、指先にはきゅうばんがついている。なにより不思議《ふしぎ》なのは、顔が錠前《じょうまえ》に、しっぽがカギにそっくりなところだ。

秘守《ひもり》は自分の体を確《たし》かめるように見た後、納得《なっとく》したように少年の手に乗った。そして、少年がまとっている衣《ころも》に吸《す》いこまれていったのだ。

厄食《やくぐ》いのはじまり

秘守《ひもり》を取り戻《もど》した庄司《しょうじ》は、いつのまにか、またエレベーターの前に戻っていた。そこにはもう、支配人《しはいにん》が立っていた。

「また一匹《ぴき》、取り戻したわけですね。いやまったく、お見事なお手前で。……ますます、あなたがほしくなりました」

「え？」

「あ、いえ、なんでもございません」

支配人はごまかすように笑《わら》うと、またカギを差《さ》し出してきた。

庄司は息を吸《す》いこんだ。残《のこ》るはあと一匹なんだ。絶対《ぜったい》うまくやってみせるぞ。

気合を入れて、庄司はカギを選《えら》んだ。今度は紫《むらさき》のカギで、四〇六号室だと言われた。

さっきの部屋の隣《となり》だ。

「よかった。これなら部屋を探《さが》す必要《ひつよう》がないから、楽だね。ねぇ、月丸？」

ところが、廊下《ろうか》を歩いていったところ、さっき入ったはずの四〇五号室がなくなっていた。四〇四号室と四〇六号室の間には、何もない壁《かべ》があるばかり。

どういうわけか、庄司《しょうじ》は首筋《くびすじ》がぞわりとした。

このまま妖怪《ようかい》を取り戻《もど》していって、本当に大丈夫《だいじょうぶ》なのかな？　なんだか、廊下《ろうか》の電気も、さっきより暗くなっている感じだし。でも、もののけ屋の妖怪を取り戻さなければ、それはそれでまずい気がする。

嫌《いや》な予感を覚《おぼ》えながらも、庄司《しょうじ》は四〇六号室のドアを開いて、中に入った。

中はまた真っ暗だった。でも、待っていると、ぼんやりと人影《ひとかげ》が浮《う》かびあがってきたのだ。

「ひえっ！」

思わず声をあげてしまった庄司だが、よく見ると、相手は小さな子供《こども》だった。四歳《さい》か五歳くらいの男の子で、丈《たけ》の短い緑の着物を着て、細い手足がむきだしになっている。顔はかわいかったが、目がとろんとしていて、まるで夢《ゆめ》でも見ているかのようだ。

そのまま男の子はずっと立っていた。

相手が動かないので、庄司はしかたなく自分から話しかけた。

「君の……話を聞かせてくれる？」

男の子は庄司《しょうじ》を見て、こくんとうなずいた。

とたん、あたりがみるみる明るくなったのだ。

そこは大きな家の中だった。家と言っても、昔の家のようで、いくつもの座敷《ざしき》が障《しょう》子《じ》やふすまで分けられていて、立派《りっぱ》な柱があちこちにそびえ、屋根を支《ささ》えている。

「こっち」

男の子にさそわれ、庄司と月丸は奥《おく》へと進んだ。

奥の部屋には、小さな布団《ふとん》と枕《まくら》がしかれていた。その枕に、庄司は目が吸《す》い寄《よ》せられた。緑色の布《ぬの》でできた、小さめの枕。形はちょっと丸みをおびた長方形で、ちょうどコッペパンみたいだ。

ここで庄司は気づいた。枕の布地《ぬのじ》と、男の子が着ている着物の布が同じだということに。

「君は……」

「ぼくね、この家のぼっちゃんの枕《まくら》だったの」

男の子がゆっくりと語り出した。


ぼくね、この家のぼっちゃんの枕だったの。

ぼっちゃんのお母様が、ぼくを作ってくださったんだよ。ぼっちゃんは赤《あか》ん坊《ぼう》の頃《ころ》から体が弱くて、昼も夜も布団《ふとん》の中にいることが多かったから。

せめて、ぼっちゃんがよく眠《ねむ》れるように。悪い夢《ゆめ》を見ないように。

そんな想《おも》いと祈《いの》りをこめて、お母様はひと針《はり》、ひと針、ぼくを縫《ぬ》われたの。

ぼく、その時のことをぼんやりと覚《おぼ》えている。胸《むね》が痛《いた》くなるような温かいものが、お母様のやわらかな指から流れこんできたっけ。

できあがったぼくは、ぼっちゃんのお気に入りの枕になったよ。ぼっちゃんはいつも、ぼくを頭の下にしかないと、眠れないって言ってくれた。

ぼくは、まだぼくとして目覚《めざ》めてはいなかったけど、ぼっちゃんの気持ちがすごく嬉《うれ》しかった。いい夢《ゆめ》を見られるようにと、いつも子守唄《こもりうた》を歌ってあげたよ。

だから夢の中では、ぼっちゃんはいつも元気で、普通《ふつう》の子と同じように走りまわっていた。

でも……。

ひどいことがあったの。とても恐《おそ》ろしいこと。

ぼく、その夜はなんとなく嫌《いや》な気分だった。ぼっちゃんのまわりに、嫌なものがまとわりついている気がしたの。ぼっちゃんに教えてあげたくても、どうしたらいいかわからなかった。

結局《けっきょく》、いつもみたいに子守唄を歌うしかなかった。それが、ぼくの役目だったから。

次の日、ぼっちゃんはひさしぶりに学校に行ったの。

そのまま帰ってこなかった……。

川に流されてしまったんだって。ぼっちゃんの靴《くつ》だけが見つかったって。

それから家の中は真っ暗になった。お母様は、ぼくのことを抱《だ》きしめて、さめざめと泣《な》きになった。

お母様の流す涙《なみだ》は、全部、ぼくの中にしみこんだの。一滴《いってき》一滴が火みたいに熱《あつ》くて痛《いた》かった。

ぼくも泣きたかった。悪い夢《ゆめ》をはねのけるだけじゃ足りなかった。災《わざわ》いをやっつける力があったら、ぼく、ぼっちゃんを守れたのに。

悔《くや》しい。悔しい。

そう思っているうちに、ぼくはこの姿《すがた》になっていた。

でも、もうぼっちゃんはいないし……。家の中には、ぼっちゃんの家族もいなくなっていて……。

ぼく、どうしたらいいか、わからないの。


途方《とほう》にくれた顔をしながら、男の子は口をつぐんだ。

庄司《しょうじ》はあふれそうになった涙を急いでぬぐった。男の子の物語は悲しくて、さびしくて、胸《むね》がずきずきしたのだ。

そして強く思った。このままにはしておけないと。

庄司《しょうじ》は男の子の前に立ち、その顔をのぞきこんだ。

「でも、君を迎《むか》えに来た人がいたはずだよ」

「迎えに？　ぼくを？」

「そう。ちょっと変わった男の人。背《せ》が高くて、頭がお坊《ぼう》さんみたいで。思い出して。その人は君に名前をくれなかった？」

男の子ははっとしたようだった。口がもどかしそうにゆがんだ。

「そう言えば……来てくれた気がする。……その羽織《はおり》を着てた」

「そうだよ。よく思い出したね。偉《えら》いよ。でも、もっとがんばって。その人はなんて言った？　思い出してみて」

「うん。その人は……笑《わら》ってくれたの。一人でさびしかったねって。でも、もう大丈夫《だいじょう》夫《ぶ》よって。ぼくに居場所《いばしょ》をくれるって言った」

「そう。そうだね。その人は居場所《いばしょ》をくれた。だから、もう君はここにいなくていいんだ。君の居場所は、こっちにあるんだから。戻《もど》っておいでよ」

庄司《しょうじ》は両手を差し出した。

男の子はしばらくじっとしていたが、やがてうなずいた。

「ぼく……戻る。戻りたいの」

男の子が庄司の手の上に自分の手を重ねてきた。そのとたん、庄司は男の子の名前がわかった。

「お帰り、厄食《やくぐ》い」

男の子が嬉《うれ》しそうに、ほっとしたように笑《わら》った。

その姿《すがた》は一瞬《いっしゅん》にして消え、庄司の羽織《はおり》の中へと吸《す》い込《こ》まれていったのだ。

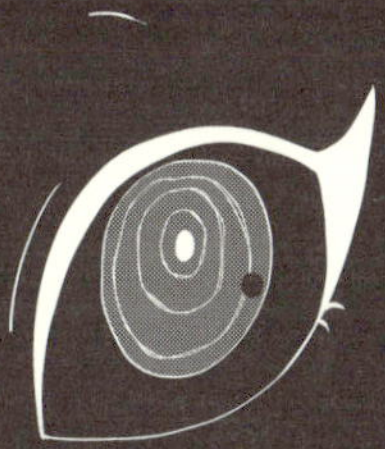

目憑き《めつき》

ふうっと、庄司《しょうじ》は息をはきだした。

じつのところ、まだ胸《むね》がずきずきとしていた。さっきの秘守《ひもり》の時も感じたけれど、妖怪《ようかい》はみんな理由があって生まれてきているのだ。優《やさ》しさや思いやりから生まれてくるものもいる。

これまでは怖《こわ》がるばかりだったけれど、そうわかった今は、妖怪のことが少しだけ愛《いと》しく感じられた。

思わず隣《となり》にいる月丸を見た。

「月丸は……どんな思いから生まれてきたの？」

月丸は何も答えなかった。ただ、しっぽを振《ふ》るだけだ。

「ま、いいか。とにかく、これで終わりだよね」

これで最後《さいご》の妖怪も取り戻《もど》せた。もう帰ってもいいはずだ。

そう思い、庄司は後ろを向いた。すでにエレベーターのところに戻ってきていた。

よし。一階のロビーに下りて、たまちゃんと合流しよう。

だが、ここで支配人《しはいにん》が現《あらわ》れた。支配人は、エレベーターのボタンを押《お》そうとしていた庄司《しょうじ》の手首をつかんだ。ほっそりとした手なのに、恐《おそ》ろしく力が強い。

ぎょっとする庄司に、支配人は微笑《ほほえ》みかけてきた。

「どこへ行かれるおつもりです？」

「え？　え、あ、あの……ぼく、下へ、い、行こうと思って」

「それはまた、なぜでございます？」

「なぜって……も、もう帰る時間だから」

何をおっしゃると、支配人は笑《わら》った。怖《こわ》い笑《え》みだった。小さなぎざぎざの牙《きば》が口からのぞき、つりあがった細い目がぎらぎらと燃《も》えている。

「まだまだ帰しはいたしませんよ。夜はまだ長いのです。もっと遊ぼうではありませんか」

「い、いやです！」

庄司はとびすさろうとしたが、がっちりと手首をつかまれていて、無理《むり》だった。悲鳴のような声をあげた。

「なんで？　ぼく、全部言われたとおりにしたでしょ？　三匹《びき》の妖怪《ようかい》は見つけたし。も、もう帰らせて！」

「おや、なにを怖《こわ》がっていらっしゃる？」

「は、離《はな》して！」

ぐるるる！

月丸がものすごい唸《うな》り声をあげた。

支配人《しはいにん》は少しだけ笑《え》みを消した。

「やれやれ、用心棒《ようじんぼう》のことを忘《わす》れていましたよ。……まあ、これは失礼《しつれい》をいたしました」

支配人は庄司《しょうじ》の手を離してくれた。だが、エレベーターの前に立ちふさがったままだ。

このまま帰れないのかと、庄司は目の前が暗くなった。

だまされた。この支配人《しはいにん》は、最初《さいしょ》から庄司《しょうじ》を無事《ぶじ》に帰すつもりなんかなかったのだ。どうしよう。どうしたらいいんだろう。

怖《こわ》くて怖くて、息がつまってきた。そんな庄司に、支配人がささやいた。

「お客様は、もののけ屋様に会いたくはありませんか？」

「え？」

思わず顔をあげる庄司に、支配人はうなずいた。

「あの方には、当ホテルに滞在《たいざい》していただいております。この四階のどこかにおりますよ。探《さが》してごらんなさいませ」

「……もし、もののけ屋さんを見つけたら？」

「その時は、お二人そろってチェックアウトなさってください」

つまり、このホテルから出ていっていいということだ。

「……約束《やくそく》、してくれる？」

「もちろん。お約束いたしましょう。ただし、この四階には、当ホテルの優秀《ゆうしゅう》で勤勉《きんべん》な従業員《じゅうぎょういん》たちがたくさん働《はたら》いております。あなたを見かけたら、それぞれ自慢《じまん》のサービスを提供《ていきょう》してくることでしょう。そのサービスがお気に召《め》せば、ふふ、きっとずっとこのホテルに滞在《たいざい》したくなるはずでございますよ」

不気味《ぶきみ》な響《ひび》きを漂《ただよ》わせながら、支配人《しはいにん》は金色のカギを差し出してきた。

「どうぞ。マスターキーでございます。これで、どの部屋にも自由に出入りできますので。ふふふ。ごゆっくりと、お探《さが》しになってくださいませ」

そう言って、支配人は姿《すがた》を消した。

庄司《しょうじ》はがくがくしながら、前を見た。はるか先まで続《つづ》く廊下《ろうか》。だが、電気の明かりはさっきよりも暗く、あちこちの壁紙《かべがみ》ははがれかけ、荒《すさ》んだ感じだ。最初《さいしょ》にここに来た時は、こぎれいな感じだったのに。

ふと思った。

「ぼくが、三匹《びき》の妖怪《ようかい》を取り戻《もど》したからかな?」

とたん、ぎくりとなった。なにもかもがわかった気がしたのだ。

ああ、きっとそうだ。このホテルはたぶん、妖怪《ようかい》の力をとりこんで、大きく広くなっていくんだ。だから、妖怪をほしがるし、失《うしな》うと、こうして見た目が悪くなってしまう。

あの支配人《しはいにん》が、庄司《しょうじ》を帰らせまいとした理由も、これでわかった。三匹《びき》分の力を取り戻《もど》そうと、向こうも必死《ひっし》になっているんだ。

庄司は今度こそ真っ青になった。

このホテルは絶対《ぜったい》に庄司を逃《に》がそうとしないだろう。なにがなんでも、庄司を、庄司が持っている妖怪たちを、奪《うば》いにかかるはずだ。

「だ、だめだ。逃げられっこないよ」

うずくまり、頭をかかえこんだ。

つくづく思うが、なんで自分がこんな目にあわなければならないのだろう？　もののけ屋なんかと知り合いになってしまったばっかりに、化け物ホテルに捕《と》らわれてしまうなんて、最悪《さいあく》すぎる！

ん？　もののけ屋？

「……そうだ。もののけ屋さんだ！」

あの男が復活《ふっかつ》すれば、ふたたびこの羽織《はおり》をまとえば、きっとホテルから脱出《だっしゅつ》できるはずだ。それに、支配人《しはいにん》も約束《やくそく》してくれたではないか。もののけ屋を見つけたら、チェックアウトしていいと。あれは、ホテルから出ていっていいという意味だ。

もののけ屋だ。もののけ屋を見つければ、自由になれるんだ。

ようやく希望《きぼう》がわいてきて、庄司《しょうじ》はよろよろと立ちあがった。

「行くよ、月丸」

ふらつく足のまま、庄司は廊下《ろうか》を歩きだした。月丸は庄司の横につき、まるで影《かげ》のようについてきた。その目が光っている。警戒《けいかい》しているんだと、庄司は余計《よけい》に怖《こわ》くなった。

ああ、なんだか、体中がぴりぴりする。

もののけ屋を探《さが》さなくてはいけないのに、気持ちがゆれて、集中できなかった。

ホテルの部屋って、どれも同じような感じがして、つまらない。どこかもっとおもしろいもの、きれいな場所なんかを見に行きたいわ。

「えっ！」

ここで、庄司《しょうじ》ははっとした。

今、ぼく、なにを考えた？　見に行きたいわ？

違《ちが》う。ぼくじゃない。ぼくのものじゃない考えが、ぼくの頭の中に入りこんでいる。

庄司はあせりながら、思わず自分の体を見まわした。そして、ぎょっとなった。自分の右腕《みぎうで》のひじのところに、大きな目がはりついていたのだ。

ぱちぱちっと、目がまばたきをした。

あら、見つかっちゃったわ。

そんなつぶやきが頭の中に響《ひび》いた。

「う、うわあああっ！」

パニックを起こした庄司は、一番近くにあったドアを開いた。そこは大きめの部屋で、ベッドが二つに、テーブルがあり、なにやら金色の仏像《ぶつぞう》みたいな置物《おきもの》が置《お》いてあった。

だが、庄司《しょうじ》にはそんなものは目に入らない。悲鳴をあげながら、シャワー室に飛びこみ、そこに置いてあった歯ブラシをつかんだ。

これで目をこそげおとそう。

だが、歯ブラシをひじにあてようとしたとたん、頭の中に声が響《ひび》いた。

やめて！　そんなことされたら、何も見えなくなっちゃう！　やめて！

「え？」

切羽詰《せっぱつ》まったような悲鳴に、庄司は思わずひるんだ。

この時だ。

月丸がものすごい唸《うな》り声をあげた。

ふりむくと、シャワー室の戸のところに、金色の仏像が立っていた。テーブルの上に乗っていたものだ。だが、さっき見た時より、はるかに大きくなっている。ドアを

ふさがんばかりだ。しかも、その顔は仏様《ほとけ》とは思えないくらい邪悪《じゃあく》だった。

「こっちに来～い！」

仏像《ぶつぞう》が爪《つめ》のはえた手をつっこんできた。逃《に》げようにも、庄司《しょうじ》は体がすくんで動けない。そんな庄司を、月丸がかばった。

むんず。

仏像の巨大化《きょだいか》した手が、月丸をわしづかみにした。

「犬か。まあ、いい。もらっていこう」

もがく月丸をつかんだまま、仏像は手をシャワー室から抜《ぬ》いた。そして、ずしんずしんと音を立てて、どこかへ去っていった。

庄司はしばらくかたまっていた。あまりのことに、頭も体も麻痺《まひ》してしまったのだ。

だが、我《われ》に返るなり、慌《あわ》ててシャワー室を飛び出した。

「つ、月丸！」

だが、部屋の中には仏像も月丸もいなかった。廊下《ろうか》を見てみたが、気配も足跡《あしあと》も残《のこ》っていない。

「月丸……ぼ、ぼくのせいで……うっ、うう……」

ここにきて月丸を失《うしな》ってしまうなんて。月丸がいてくれたから、前に進もうという勇気《ゆうき》が持てたのに。

もうだめだ。気持ちがぽっきり折《お》れてしまった。これ以上、なにもできない。できるわけがない。

庄司《しょうじ》はうずくまり、泣《な》きだしてしまった。

と、小さなささやきが聞こえてきた。

「ごめんね。びっくりさせて、ごめんね」

庄司はびくりとした。頭の中に聞こえてきた声と同じ声だ。でも、よく聞くと、優《やさ》しい感じがする。

怖《こわ》がるような相手ではないのかもしれない。

庄司は思い切って、ひじにくっついている目に話しかけた。

「き、君がしゃべってるの？」

「そう。私《わたし》よ。……ごめんね。まさか、あんなに怖《こわ》がるなんて、思わなかったの。それに、気づかれるとも思わなくて。あなた、勘《かん》が鋭《するど》いのね」

「よくそう言われるよ。じ、自分じゃよくわかんないんだけど。……君は、なんて名前なの？」

「名前はないわ。取られてしまったのよ」

目はゆっくり語りだした。

私は、前は人間だったの。でも、名前は覚《おぼ》えていない。覚えているのは、体が弱くて、いつも寝《ね》てばかりだったこと。

悔《くや》しかったわ。いろいろなところに自由に行ける友達《ともだち》や家族《かぞく》がうらやましくてたまらなかった。

私も一緒《いっしょ》に行きたいのに。いろいろなものを見たいのに。

そんなことばかり考えているうちに、不思議《ふしぎ》なことが起こりだしたの。私《わたし》、外に行く夢《ゆめ》を見るようになった。その時はいつも誰《だれ》かと一緒《いっしょ》だった。友達《ともだち》だったり、家族《かぞく》だったり、全然《ぜんぜん》知らない人だったり。

その人たちにくっついて、すてきな景色《けしき》をいっぱい見たわ。映画《えいが》も、美術館《びじゅつかん》も。だから、思ったの。ああ、私はずっとこうしていたいって。いつまでも、どこまでも、新しいものを見続《みつづ》けていきたいって。もし生まれ変《か》われるなら、体なんかいらない。目だけがあればいい。

その思いが強すぎたんでしょうね。だから、死んだあと、こういう姿《すがた》になった。それからは、ずっと楽しくやっていたのよ。気の向くまま、いろいろな人に取り憑《つ》いて、あちこち連《つ》れて行ってもらってね。

あ、そうそう。私が取り憑けるのは、何かを探《さが》している人なの。有名な景色《けしき》を見に行こうとか、そういうことを思ったり願《ねが》ったりしている人にもね。そういう人にならにならは取り憑けるの。

一人の人間に長く取り憑《つ》いていたこともあるのよ。その人、旅人さんでね。とにかく、新しい土地に行くのが好《す》きで、私《わたし》とすごく相性《あいしょう》がよかった。ああ、あの頃《ころ》がなつかしいわ。

でも、ある時、このホテルの中に連《つ》れてこられてね。それ以来、どこにも行けないの。名前を取られてしまって、出してもらえないのよ。

時々、人はやってくるけど、ほかの妖怪《ようかい》たちが先にとっちゃうし、その人も外に出られないから、つまらなくて。

私、もっともっといろいろなものを見たいのに……。

だからと、目は申《もう》し訳《わけ》なさそうに言った。

「あなたを見かけて、ついつい憑いてしまったの。あなたなら、私にいろいろなものを見せてくれるかなと思って、でも、そのせいでお友達《ともだち》が害仏《がいぶつ》にさらわれちゃったのよね。悪いことをしたわ」

「害仏《がいぶつ》って……さっきの金色の仏像《ぶつぞう》?」

「そう。あれは恐《おそ》ろしい妖怪《ようかい》よ。自分を神様だと思っているの。自分を見ろ、自分を崇《あが》めろって、相手かまわず命令してくるのよ。悪趣味《あくしゅみ》だわ、本当に」

その言葉に、庄司《しょうじ》は「おや?」と思った。

てっきり、仲間《なかま》かと思ったけれど、この目は害仏という妖怪を嫌《きら》っているようだ。もしかしたら、こっちの味方になってくれるかもしれない。

庄司はわらにもすがる思いで、目に頼《たの》んだ。

「お、お願《ねが》い。力を貸《か》してくれない? 月丸を助けたいんだ。害仏から取り戻《もど》したいんだよ」

「……無理《むり》よ」

目は力なくまばたきをした。

「私《わたし》は、このホテルのものなんだもの。ここにやってきた人間に憑《つ》くことは許《ゆる》されているけれど、それ以外はなにもできない。許されていないの」

「それって……捕《つか》まっているのと同じじゃない？」

庄司《しょうじ》は、目がかわいそうになった。同時に怒《いか》りも感じた。

こんなの、ひどい。ひどすぎるよ！

どうにかしてあげたいと思った時だ。ふいに、聞いたことない声が次々と聞こえてきた。

「こわっぱ。あきらめるのは早いぞ」

「そうとも。手はまだある」

「私《わたし》たちの話を聞いて」

「助けてあげるわ。手を貸《か》すわ」

強そうな声。野太《のぶと》い声。美しい声。優《やさ》しい声。さまざまな声が、庄司のまわりから立ちのぼる。

見れば、着ている羽織《はおり》の中から、たくさんの妖怪《ようかい》たちがこちらを見つめていた。

びっくりしている庄司に、色とりどりの羽根におおわれたニワトリのような妖怪が言った。

「我《われ》らはみな、もののけ屋に救《すく》ってもらったもの。あの男には恩《おん》がある。おまえがもののけ屋を助けると約束《やくそく》するなら、おまえに手を貸《か》そう」

「そういうことでさ。もののけ屋さんが戻《もど》るまで、あんたを主とし、あっしらの力を使わせてあげやしょう」

手の形をした妖怪《ようかい》が言えば、「だから、あの人を見つけて。助けてあげて」と、かわいい人形も必死《ひっし》な声をあげる。

助けて。もののけ屋を助けて。

妖怪たちの声に、庄司《しょうじ》はゆさぶられた。

「わ、わかった！　やるよ。もののけ屋さんを助けるから。約束する。だから、ぼくに力を貸して」

「承知《しょうち》！」

いっせいに妖怪たちが叫《さけ》んだ。

同時に、まとった羽織《はおり》が燃《も》えるように熱《あつ》くなった。妖怪《ようかい》たちの力が、庄司《しょうじ》の中に流れこんでくる。

ふうっと、庄司は息をついた。

なんだろう。さっきまで、あんなに心細かったのに、今は全然《ぜんぜん》怖《こわ》くない。ああ、そうか。たくさんの妖怪たちが、自分を支《ささ》えて、守ってくれているからだ。だから、もう怖いことなんてない。

まずはと、庄司はまたひじを見た。あの目が落ちつきなくまばたきをしていた。どうしたらいいかわからないという感じだ。

助けたいと思ったとたん、妖怪の誰《だれ》かが言った。

「そうじゃ。その目も救《すく》っておやり」

「た、助ける方法がわかるの？　知ってるなら、教えて！」

「簡単《かんたん》なこと。我《われ》らの仲間《なかま》にしてやればよい。よい名前を与《あた》え、この百鬼夜行《ひゃっきやぎょう》に入れてやればよいのじゃ」

「名前をあげるだけでいいの？」

「そうじゃ。じゃが、その前に、仲間《なかま》になるよう、相手を説得《せっとく》せねばならぬ。まあ、おぬしならできるであろう」

やってごらんと、妖怪《ようかい》たちは口々に言った。

胸《むね》をどきどきさせながら、庄司《しょうじ》はひじにくっついている目を見た。

かわいそうに。いろいろなものを見たくて、妖怪になったというのに、こんなところに閉《と》じこめられて。説得できるかどうかわからないけど、一か八かだ。

庄司はゆっくりと話しかけた。

「あ、あのさ、ぼくたちと一緒《いっしょ》に行かない？　ぼくらの仲間にならない？」

「仲間？」

「そう。えっと、その……君は、ここにいたくないんでしょ？　ぼくも、ここにいないほうがいいと思う。君は外に行かなくちゃ。外には、見るものがたくさんあるよ。景色《けしき》とか人とか。……そういうものを見るために、妖怪になったんでしょ？」

望《のぞ》みを叶《かな》えたいなら、ぼくらと行こう。

そう言って、庄司《しょうじ》は手を差《さ》し出した。

目はしばらく考えこんでいたが、やがてまっすぐに庄司を見た。

「一緒《いっしょ》に行くわ。私《わたし》を、連《つ》れていって」

ころんと、目が庄司の手のひらに落ちてきた。とたん、庄司は名前を思いついたのだ。

「目憑《めつ》き……」

そうつぶやいたとたん、目は羽織《はおり》の中に吸《す》いこまれていった。

「お見事！　さすがは、もののけ屋が見こんだだけはある！」

「よく助けてやったものじゃ。偉《えら》い偉い」

「新しいお友達《ともだち》ね。嬉《うれ》しいわ。よろしく、目憑きさん」

歓声《かんせい》をあげる妖怪《ようかい》たちに、庄司は顔を赤くした。照《て》れ臭《くさ》かったけれど、やっぱり嬉しかった。自分は正しいことができたんだと、わかったからだ。

「それでは、次はいよいよもののけ屋殿《どの》を助ける番であるな」

「あっ！　待って！　その前に、まずは月丸を見つけたいんだけど」

「月丸って、あの魔伏《まぶせ》？」

「ふむ。どう思う、夜叉蜘蛛《やしゃぐも》？」

「そうだな。魔伏がいれば、何かと役に立つだろう。よかろう。まずはあの魔伏を見つけよう」

「では、誰《だれ》が見つける？　聞き耳頭巾《ずきん》、おぬしがやるかえ？」

「いや、ここは鼻の効《き》く犬鬼《いぬおに》にやらせてはどうじゃ？」

相談しあう妖怪《ようかい》たち。

と、目憑《めつ》きが大きな声を出した。

「私《わたし》！　私にやらせて！」

「新入り。おまえさんにできるのかえ？」

「できる！　やるわ！　必《かなら》ず見つける。庄司《しょうじ》君のために！」

目憑《めつ》きの熱心《ねっしん》なまなざしに、庄司《しょうじ》はうなずいた。

「それじゃ、目憑きにお願《ねが》いするよ。……月丸を見つけて、目憑き」

庄司の言葉に応《こた》えるように、目憑きが羽織《はおり》から出てきた。そのまま庄司のおでこに張《は》り付《つ》く。

とたん、庄司は「あっ！」と叫《さけ》び声をあげてしまった。

見える。廊下《ろうか》の壁《かべ》やドアを透《す》かして、その向こうが見えてくるのだ。体は動かしていないのに、部屋から部屋へと、どんどん移動《いどう》していくようだ。

そして、ある部屋にたどりついた。中には、あの害仏《がいぶつ》がいた。目の前には縛《しば》りあげられた月丸がいる。

「俺《おれ》を崇《あが》めよ！　俺は偉大《いだい》なる仏《ほとけ》なるぞ！　がはははっ！　犬ころ、ひざまずけ！　さもないと、頭をふみつぶしてくれよう。ひと飲みにしてやってもいいぞ。がははははっ！」

下品に高笑《たかわら》いする害仏。

庄司《しょうじ》は怒《いか》りで体が熱《あつ》くなった。思わずつかみかかろうとしたが、手をのばしても、害仏《がいぶつ》には届《とど》かない。当たり前だ。庄司は、その部屋からずっと離《はな》れたところにいるのだから。

そのことを思い出し、庄司は目憑《めっ》きにささやいた。

「部屋の、番号を見せて」

「わかったわ」

目憑きの力で、害仏たちがいる部屋のドアが見えた。

四一七。

金色の数字で、そう書いてあった。

「ありがと、目憑き！　もういいよ」

目憑きが羽織《はおり》に戻《もど》った後、庄司は廊下《ろうか》を走りだした。

四一七号室。四一七号室。

頭の中で唱えながら、さっき見えたドアを探《さが》す。

ついに見つけた。あれだ。四一七号室。

「つ、月丸！」

あとさき考えずに、庄司はドアを開いて中に飛びこんだ。

害仏《がいぶつ》がいた。月丸をつかみあげ、大きく口を開けて食べようとしているではないか。

助けなきゃ！

「我《われ》を使え！」

頭の中に声が響《ひび》いた。同時に、一つの名前も頭に浮《う》かんだ。

何も考えず、庄司《しょうじ》はその名を叫《さけ》んでいた。

「どくろ武者《むしゃ》！」

とたん、一匹《ぴき》の妖怪《ようかい》が目の前に現《あらわ》れた。

それは、身の丈《たけ》二メートル半はありそうな、巨大《きょだい》な骸骨《がいこつ》だった。しかも、真っ黒な甲冑《かっちゅう》に身を包《つつ》み、頭には角のついた兜《かぶと》、腰《こし》には長い刀を四本もさしている。

どくろ武者。数々の戦《たたか》いに使われてきた鎧兜《よろいかぶと》が、長い時間を経《へ》て、妖怪になったも

の。戦《たたか》うことが大好《だいす》きだが、もののけ屋の仲間《なかま》になってからは、いじめやケンカをはねのける力として、いじめられっ子に貸《か》し出されることが多い。

まったく知らないはずの情報《じょうほう》が、すらすらと庄司《しょうじ》の頭の中に入ってきた。

どくろ武者《むしゃ》は楽しそうに笑《わら》った。

「わははははっ！　倒《たお》しがいのある敵《てき》を与《あた》えてくれて感謝《かんしゃ》するぞ、小僧《こぞう》！　久《ひさ》しぶりの本物の戦《たたか》いに、このどくろ武者、腕《うで》が鳴るわ！」

そう言うなり、どくろ武者は刀を抜《ぬ》いて、害仏《がいぶつ》に襲《おそ》いかかった。最初《さいしょ》の一撃《いちげき》で、害仏は「うおっ！」とうめいて、月丸をとりおとした。

すぐさま庄司は駆《か》けより、月丸を縛《しば》っていた縄《なわ》をほどいてやった。自由になった月丸は、庄司のほおをひとなめしたあと、害仏にとびかかっていった。

害仏は四本の腕《うで》をふりまわして暴《あば》れ回ったが、どくろ武者の嵐《あらし》のような攻撃《こうげき》と、月丸のかみつきに、どんどん追い詰《つ》められていった。

ついに、がぶりと、月丸に首をかまれ、「ま、まいった！」と、情《なさ》けない悲鳴をあげた。

どくろ武者《むしゃ》が庄司《しょうじ》のほうを振《ふ》り返って聞いた。

「さて、どうする、小僧《こぞう》？　この害仏《がいぶつ》、我《われ》らの仲間《なかま》にするか？」

「………」

庄司は害仏を見つめた。傲慢《ごうまん》で、荒《あら》っぽくて、人を見下さずにはいられない目をしている。ぞっとするような目だ。青足や厄食《やくぐ》いや目憑《めつ》きとは、全然違《ぜんぜんちが》う。この妖怪《ようかい》はあまりに危険《きけん》だ。

庄司はゆっくりとかぶりを振った。

「害仏はいらない……もののけ屋さんならきっと、仲間にしたがらないと思う」

庄司の言葉に、羽織《はおり》の中の妖怪たちがほっとしたように息をついた。

「よい判断《はんだん》だ。……では、この首、我《われ》がもらいうける」

大きく刀をふりかぶるどくろ武者を、庄司は慌《あわ》てて止めた。

「ま、待って！　だめだよ！」

「なぜ止める？　百鬼夜行《ひゃっきやぎょう》には入れないのだろう？」

「い、入れないよ。でも、このままにもしとけないよ。害仏《がいぶつ》は……生まれ変《か》わったほうがいい。だから、たまちゃんに渡《わた》すのがいちばんだと思うんだ。……夜叉蜘蛛《やしゃぐも》」

庄司《しょうじ》が呼《よ》ぶと、大きな蜘蛛《くも》の妖怪《ようかい》が出てきた。

「お願《ねが》いできる？」

「いいだろう」

夜叉蜘蛛の糸に巻《ま》き取られ、害仏はみるみる小さな白い繭玉《まゆだま》へと変えられてしまった。それを、庄司はパジャマの胸《むね》ポケットの中にしまった。

「卵屋《たまご》に渡すのか？」

「うん。きっと、もっとみんなに必要《ひつよう》とされる妖怪にしてくれるはずだよ」

「ふむ。そうか。しかし、残念《ざんねん》だ。せっかく首をはねてやろうと思ったのに」

ぶつくさ言いながらも、どくろ武者《むしゃ》は羽織《はおり》の中に戻《もど》っていった。夜叉蜘蛛もだ。

庄司は月丸をぎゅっとだきしめた。

「だ、大丈夫《だいじょうぶ》、月丸？　どこか怪我《けが》なんかしてない？」

月丸は勢《いきお》いよくしっぽを振《ふ》って見せた。さっきの戦《たたか》いぶりといい、元気いっぱいという感じだ。

「よかった。ほんと、よかった……さっきはありがとね。ぼくを助けてくれて」

きゅるきゅると鳴きながら、月丸は頭をこすりつけてきた。その頭を撫《な》でてやりながら、庄司《しょうじ》はつぶやいた。

「あとは、もののけ屋さんを見つけるだけだ。……もののけ屋さん、どの部屋にいるんだろ？　目憑《めつ》きに頼《たの》んで、また探《さが》してもらったほうがいいよね」

次の瞬間《しゅんかん》、ぐにゃりと、部屋の床《ゆか》がゆがんだ。同時に、四方の壁《かべ》が一気に庄司に迫《せま》ってきた。

「うわっ！」

「逃《に》がしませんよ」

笑《わら》いをふくんだ声がした。支配人《しはいにん》の声だ。

「あなたのような子供《こども》を餌《えさ》にすれば、貪欲《どんよく》な妖怪《ようかい》がいくらでもここにやってくる。そうとわかっているのに、逃《に》がすわけにはいきません。少々手荒《てあら》ではありますが、ま、ご勘弁《かんべん》くださいませ」

「や、やめてっ！」

その間も、部屋はどんどん縮《ちぢ》まっていく。明かりも消え、暗闇《くらやみ》が押《お》し迫《せま》ってくる。月丸が暴《あば》れていたが、その抵抗《ていこう》も押しつぶされる。

このままではまずい。妖怪《ようかい》たちに助けてもらわないと。

だが、百鬼夜行《ひゃっきやぎょう》の妖怪を呼《よ》びだそうとした時だ。するりと、羽織《はおり》が庄司《しょうじ》から脱《ぬ》げてしまった。

「うそ！」

慌《あわ》ててつかもうとしたが、つかみそこねた。

そのまま、庄司は暗闇に捕《と》らわれてしまったのだ。

古森の子供《ふるもりのこども》

古い大きな森の中を、小さな子供《こども》が歩いていた。ぼろぼろの衣《ころも》を身につけ、汚《よご》れた体はやせこけている。腕《うで》や足など、今にもぽきんと折《お》れてしまいそうだ。

子供が森に入ったのは、夕暮《ゆうぐ》れ時だった。今ではすっかり日が暮れ、夜の闇《やみ》が広がっている。

なのに、子供は怖《こわ》がるそぶりも見せなかった。ゆらゆらと、ただただ歩き続《つづ》ける。どこかを目指しているわけでも、何かを探《さが》しているわけでもなさそうだ。

だが、ついに力が尽《つ》きたのだろう。大きな木の根元に座《すわ》りこんだ。

と、どこからともなく不思議《ふしぎ》な声が響《ひび》いてきた。

「この古き森に自分から入ってくるとは。なかなか度胸《どきょう》のある小僧《こぞう》ではないか。おもしろい。久《ひさ》しぶりにおもしろいぞ」

愉快《ゆかい》そうな笑《わら》い声とともに、ふわっと、子供は持ちあげられた。目に見えぬ手が、子供をつまみあげたのだ。だが、子供は悲鳴もあげず、珍《めずら》しそうにまわりを見ただけだった。

「怖《こわ》くはないのか、小僧《こぞう》？」

「怖く、ない」

「ふん。ますます度胸《どきょう》のあるやつだ。……おまえの魂《たましい》はさぞうまかろうな」

取引しようと、声は言った。

「おまえの望《のぞ》みを、一つ叶《かな》えてやる。ほしいものを言え。なんなりと叶えてやる。そのかわり、おまえが満足《まんぞく》したら、その時はわしはおまえを食う。どうだ？　悪い取引ではあるまい？　この森の主であるわしが言うのだ。途方《とほう》もない夢《ゆめ》すらも、手にすることができるのだぞ？」

「……ほしいもの、ない」

「ないわけないであろうが。人間はなんだってほしがる強欲《ごうよく》な生き物だと、わしは知っておる。……さては、怖がっているのだな？　ああ、そんなに怖がるな。食われると言っても、魂《たましい》だけだ。わしは、人間の肉は好《す》かんからな。だから、痛《いた》みなど感じん。それに、おまえは死にかけておる。どうせ死ぬなら、その前に最高《さいこう》の喜《よろこ》びを味わいたいとは思わんのか?」

声の響《ひび》きは甘《あま》く、ぞっとするほどだった。

だが、子供《こども》は興味《きょうみ》なさそうに下を向いた。

「怖《こわ》いんじゃない。ほんとだよ。ただ……おいら、ほっといてもらいたいだけだよ。村じゃずっと、いじめられてばかりだったから」

「なぜいじめられた?」

「変《へん》なものが見えるから。お化けとか黒い影《かげ》とか。でも、そういう力は、女の子にしか受け継《つ》がれないものだって。おまえは、なりそこないの巫女《みこ》で、生まれてきてはいけなかったって、おばばやみんなが言うんだ」

人間が怖いと、子供は言った。

「村の子たちは、お化けや幽霊《ゆうれい》が怖いと言うけれど、おいらは人間のほうがずっと怖い。だから、ここに来たんだ。この森に、人間はいないと思って」

「……おまえ、死に場所を求《もと》めて来たのか?」

「そうなのかな？　よくわからないよ。おいらはただ……疲《つか》れちゃったんだ」

悲しそうに笑《わら》う子供《こども》を、森の主はじっと見ていた。と、ふいに子供を地面におろした。

「やめた」

森の主は不機嫌《ふきげん》そうに唸《うな》った。

「おまえのような魂《たましい》は、食ってもうまくなさそうだ。なりそこないの巫女《みこ》か。ふん。おまえの村のやつらは、本当に馬鹿《ばか》だ。おまえの力の価値《かち》に気づかんとは」

だが、もう子供は答えなかった。目を閉《と》じ、うつぶせになったまま動かない。呼吸《こきゅう》もどんどん弱くなっていく。

おいと、森の主は子供をつついた。

「おい、起きろ。もう少しふんばれ。……生まれ変《か》われるとしたら、おまえ、どんなものになりたい？」

「生まれ、変わる？」

不思議《ふしぎ》な言葉に、子供《こども》はふたたび目を開けた。

「そうだな。おいら……ずっと居場所《いばしょ》がなかった。名前も呼《よ》んでもらえなかったし。……だからもし、生まれ変《か》われるなら、居場所がないやつを守ってやれるような人になりたいな」

「そうなりたいのか？」

「うん。それって、すごくかっこいいもの」

ちょっと笑《わら》ったあと、子供は今度こそ動かなくなった。

森の主は長いこと、子供を見下ろしていた。だが、ふいに笑いだした。

「くくく。居場所がないものを守ってやりたいか。なかなかおもしろいことを言うではないか。いいぞ。わしの気まぐれがおおいにそそられたぞ」

森の主は、ひゅっと、口笛《くちぶえ》を吹《ふ》いた。と、森中の蜘蛛《くも》が集まってきた。

いっせいに糸を吐《は》き、忙《いそが》しげに長い脚《あし》を動かしていく蜘蛛たち。みるみるうちに、純白《じゅんぱく》の羽織《はおり》が織《お》りあげられた。

できあがった羽織《はおり》を、森の主はふわりと子供《こども》の上にかけた。

「起きろ。おい、起きろ」

「……ん？　んん？」

子供が身を起こした。羽織を見て、驚《おどろ》いた顔をする子供に、森の主は言った。

「今日からおまえは、それを着ろ。そして、あちこちさ迷《まよ》い歩け。よるべないものを救《すく》ってやるがいい。やり方は、もうわかるはずだ。……なりたいものになってみせろ」

大きく笑い声をあげながら、森の主は風と共《とも》に去っていった。

一人残《のこ》された子供は、そっと白く輝《かがや》く羽織をなでた。すべすべとした手触《てざわ》りは気持ちがいいが、なんだか肌《はだ》になじまない。これではないという気がしてならないのだ。

この贈《おく》り物で、何をやったらいいかもわからないし。

途方《とほう》にくれ、思い切って脱《ぬ》ぎ捨《す》ててしまった時だ。目の前に、するすると別《べつ》の羽織が滑《すべ》ってきた。

ぎょっとするほど派手《はで》な羽織だった。さまざまな柄《がら》が無数《むすう》に入っていて、その彩《いろどり》ときたら目がちかちかするほどだ。こんなものは見たことがない。あ、いや。でも、どこかで見たような。

首をかしげる子供《こども》に、声が聞こえてきた。

「やれやれ、やっと見つけた」

「こんなところにいたんですね」

「無事《ぶじ》なようで、なによりじゃ」

いろいろな声は、派手《はで》な羽織《はおり》から聞こえてくる。聞いたことがないはずなのに、懐《なつ》かしいと思える声たちだ。

かたまっている子供に、声たちはどんどん語りかけてきた。

「そろそろ思い出されよ。自分の名を」

「そうとも。化け野ホテルごときに、いつまでも好《す》き勝手させておくな」

「庄司《しょうじ》君が捕《つか》まってしまったんです。助けてあげないと」

「そうそう。あの子供もずいぶんがんばった。もう十分だと思うぞ」

「庄司《しょうじ》、君……？　自分の名？」

そんなものは知らない。名前なんてない。

そう答えようとしたが、できなかった。羽織《はおり》から、厳《おごそ》かな声が響《ひび》いてきたのだ。

「おぬしは、時代からこぼれ落ちそうになっていた我《われ》らを見つけてくれた。我らに名と意味を与《あた》えて、新たな生き方を教えてくれた。だから、今度は我らがおぬしを見つける番だ。そして、見つけた。……そろそろ本来の姿《すがた》に戻《もど》れ、もののけ屋」

かっと、子供《こども》は目を見開いた。その体が一瞬《いっしゅん》にして大きくなる。細かった手足はぐんと太くなり、青白かった肌《はだ》は血色がよくなり、汚《よご》れも落ちる。

そこにいるのは、一人の男だった。がっしりとした体格《たいかく》に、赤と白の着物をまとい、つるりとしたぼうず頭《あたま》もたくましい大男。だが、耳には金のイヤリングをはめ、ぽってりとした唇《くちびる》がなまめかしい。

百鬼夜行《ひゃっきやぎょう》のまことの主、もののけ屋がそこに立っていた。

うーんと、もののけ屋はのびをした。

「ああもう。ずっと眠《ねむ》りこけて、体にコケでもはえていた気分。これはエクササイズに行かなきゃならないわねえ」

ぼやきながら、もののけ屋は羽織《はおり》を拾い上げた。羽織の妖怪《ようかい》たちは口々に声をかけた。

「お目覚《めざ》めだね、もののけ屋」

「やっと元どおりになってくれたのね。嬉《うれ》しいわ、もののけ屋さん」

「ありがとう、筆鬼《ふでおに》ちゃん。遊児《ゆうこ》ちゃんも。ほかのみんなにも、ほんと感謝《かんしゃ》よ。ん？　青足ちゃんと秘守《ひもり》ちゃん、それに厄食《やくぐ》いちゃんも、ちゃんと戻《もど》ったのね。うんうん。よかった」

にっこりするもののけ屋に、悲鳴のような声が届《とど》いた。

「そんなことより、早く庄司《しょうじ》君を助けてあげて！」

「あら、新入りさんね？　ふふふ。どうもよろしく。もののけ屋です。そちらは？」

「め、目憑《めつ》きです。庄司君が名前をつけて、ここに仲間《なかまい》入りさせてくれて……は、早く庄司《しょうじ》君を助けてあげて！　化け野ホテルの支配人《しはいにん》に捕《つか》まってしまったの！」

「あらま」

「妖怪《ようかい》たちをおびきよせる餌《えさ》に使うって、言っていたわ」

「まあ、あたしが支配人でもそうするでしょうね。あの子って、妖怪に好《す》かれる子だし」

「は、早く……」

「落ちついて、目憑《めつ》きちゃん。大丈夫《だいじょうぶ》よ。これ以上、このいけすかないホテルの好き勝手にはさせないから。あの子は、このあたしの相棒《あいぼう》なんだもの。必《かなら》ず取り返すに決まっているじゃない」

「ほんとに？」

「ええ、約束《やくそく》する。だから、あたしに羽織《はおり》を着させてちょうだいな。ね？」

「……はい」

「いい子だこと」

さっと羽織《はおり》をまとい、もののけ屋はにんまりとした。

「それじゃ、庄司《しょうじ》君を迎《むか》えに行きましょう。ついでに、きっちり借《か》りを返しに行きましょうかねえ」

「……ふふふふ」

「ははは」

「おほほほほ」

無数《むすう》の笑《わら》い声に包《つつ》まれながら、もののけ屋は暗闇《くらやみ》の空間をすいっと抜《ぬ》けていった。

オーナー室《オーナーしつ》

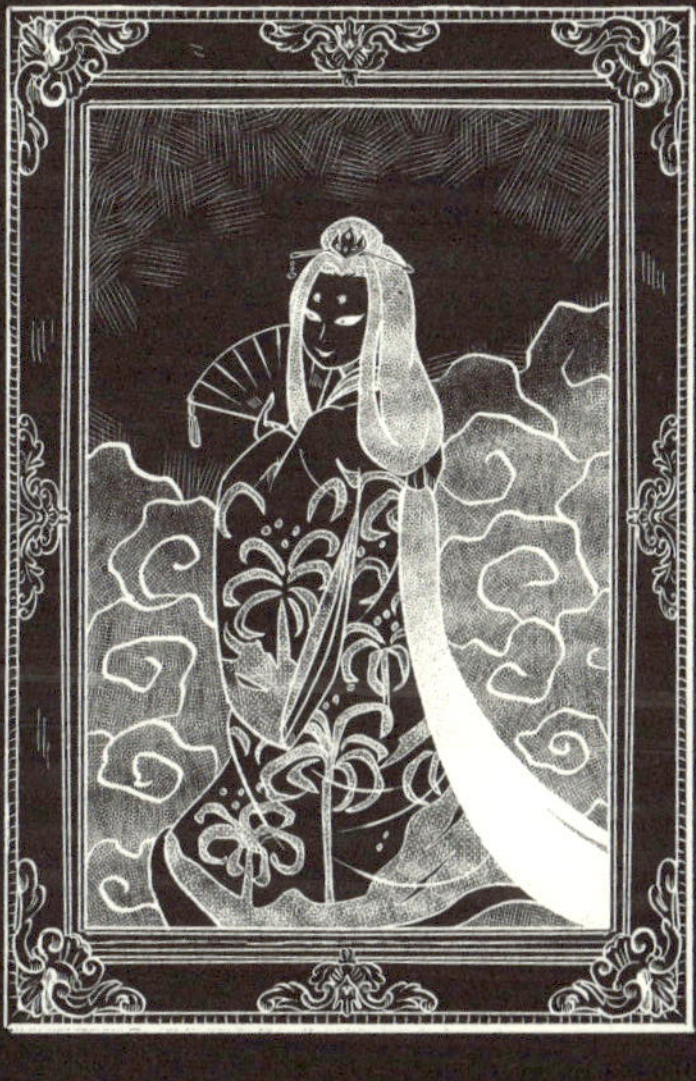

化け野ホテルのオーナー室は、広々とした上品な部屋だ。立派《りっぱ》なデスクと椅子《いす》が置《お》いてあり、見事なじゅうたんがしかれ、さりげなく飾《かざ》ってある置物《おきもの》や花瓶《かびん》も美しい。

だが、なによりも目立っているのは、奥《おく》の壁《かべ》にかけられた大きな絵だ。

ほっそりとした、きれいな女の人の絵だった。だが、笑《わら》った顔が妙《みょう》に怖《こわ》い。つりあがった口の端《はし》からは、今にも牙《きば》がのぞきそうだし、目もぎらついていて、動きだしそうなほどリアルだ。燃《も》えるように赤い着物も、なんだか禍々《まがまが》しい。

そんな恐《おそ》ろしい絵の前に、化け野ホテルの支配人《しはいにん》、幽月《ゆづき》が立っていた。その腕《うで》には、気を失《うしな》った庄司《しょうじ》と月丸が抱《だ》きかかえられていた。

幽月は絵を見上げて言った。

「ええ、母上。心配はいりません。百鬼夜行《ひゃっきやぎょう》には逃《に》げられてしまいましたが、すぐに捕《つか》まえます。このホテルからは一匹《ぴき》たりとも逃《に》がしませんから。それより、この子を見てください。いいでしょう？　いちばんの大物ですよ。この子を餌《えさ》に使えば、飢《う》えたはぐれ妖怪《ようかい》がほいほいとやってくることでしょう」

「……………」

「こちらの魔伏《まぶせ》のほうは……そうですね。地下室のボイラー鬼《おに》にでもくれてやりましょう。忠誠心《ちゅうせいしん》が強すぎるから、うちの従業員《じゅうぎょういん》にはなってくれそうもないですし」

生きているかのように、幽月《ゆづき》を見下ろす絵の中の女。幽月はにこやかにうなずいた。

「ええ、もっともっと大きくしましょう。たくさんの妖怪を集めて、今度こそ母上と私の城を作りましょう。大丈夫《だいじょうぶ》。母上のためなら、私《わたし》はなんでもしますからね」

その時だ。ばんと、ドアが荒々《あらあら》しく開いた。

渦巻《うずま》く風とともに入ってきたのは、もののけ屋だった。

「もののけ屋！」

ぎょっとする幽月に、もののけ屋はにやりとした。

「どうも、支配人《しはいにん》。ちょっと長逗留《ながとうりゅう》しちゃったけど、そろそろチェックアウトさせていただくわ。そこの庄司《しょうじ》君と魔伏ちゃんも一緒《いっしょ》にね」

「そんな……どうして、あなたが……」

「目覚《めざ》めないとでも思ったの？　いやあねえ。あたしを誰《だれ》だと思ってるのかしら？　言いたかないけど、あなたの術《じゅつ》って芸《げい》がないわ。昔の夢《ゆめ》ばかり延々《えんえん》と見せられて、すっかり退屈《たいくつ》しちゃったわ」

不敵《ふてき》に笑《わら》いながら、もののけ屋は手を差《さ》し出した。

「ま、そういうわけだから。早く庄司《しょうじ》君たちを渡《わた》してちょうだいな」

「……このホテルを出ていくというのですか？　賭《か》けに勝ったのは私《わたし》ですよ。約束《やくそく》を破《やぶ》るつもりですか？」

「何言ってんの。ずるして勝ったくせに」

「…………」

たじろいだ幽月《ゆづき》は、上目遣《うわめづか》いにもののけ屋を睨《にら》んだ。

「……わかっていたなら、なぜ？」

「素直《すなお》に捕《つか》まったかって？　それはね、こっちにも目的《もくてき》があったからよ。あなたたちの貪欲《どんよく》さを利用《りよう》させてもらうために、わざと負けてあげたってこと。というわけで、城御前《しろごぜん》。このあたりで、失礼《しつれい》させていただくわね」

もののけ屋は、壁《かべ》の絵に目を向けた。

絵の女の顔は一変《いっぺん》していた。ぎりぎりと、醜《みにく》く恐《おそ》ろしい形相《ぎょうそう》になり、もののけ屋を見下ろしてくる。

だが、もののけ屋はびくともせずに、涼《すず》しく笑《わら》った。

「おお、怖《こわ》い顔だこと。そんな顔してると、お肌《はだ》が荒《あ》れるわよ？」

「……私《わたし》の母を馬鹿《ばか》にするな！」

絵をかばうように、幽月《ゆづき》が身構《みがま》えた。のっぺりとしていた顔が、獣《けもの》のような白い毛に覆《おお》われ、牙《きば》がぐっとのびていく。

「支配人《しはいにん》、いえ、城若《しろわか》さん。そろそろあきらめなさいな。あたしの百鬼夜行《ひゃっきやぎょう》に手を出した時点で、あなたたちの望《のぞ》みはついえたの」

「認《みと》めない！　許《ゆる》せない！　このホテルは、私たちの城は、もっともっと大きくなる！　邪魔《じゃま》はさせない！」

ぐらぐらと、ホテルが激《はげ》しくゆれだした。まるで、幽月《ゆづき》と絵の女の怒《いか》りに共鳴《きょうめい》しているかのようだ。

それでも、もののけ屋の表情《ひょうじょう》は変《か》わらなかった。

「はぐれ妖怪《ようかい》だけを集めていればよかったのに……。でも、こうなったからには、しかたないわね」

ため息をつくもののけ屋に、幽月が襲《おそ》いかかった。


はっと、庄司《しょうじ》は目を覚《さ》ました。

なんだか、すごく長い不思議《ふしぎ》な夢《ゆめ》を見ていた気がする。

だが、夢の内容《ないよう》を思い出そうとする前に、ぬっと、男がこちらをのぞきこんできた。

大きな目玉に、立派《りっぱ》な鼻、分厚《ぶあつ》い唇《くちびる》。ぼうず頭もつややかな、もののけ屋ではないか。

「も、もののけ屋さん！」

「よかった。目が覚めたのね、庄司君」

嬉《うれ》しそうに、もののけ屋は庄司《しょうじ》をハグしてきた。

「うげえええっ！」

「あらなによ！　カエルがつぶれるみたいな声を出して」

「は、放して～」

「うふふふ、まだだ～め。だって嬉しいんだもの。よく助けてくれたわね。おかげで、みんな無事だったし、新しい仲間《なかま》まで作ってくれて。ほんと、庄司君には感謝《かんしゃ》してるのよ」

だったら放してくれと、庄司は息も絶《た》え絶《だ》えになりながら思った。

ようやく放してもらった庄司は、まわりを見た。そこはうっそうとした林の中で、ホテルどころか、山小屋一つ見当たらない。

「ば、化け野ホテルは？」

「地中深くに眠《ねむ》ってもらったわ。営業停止状態《えいぎょうていしじょうたい》ってやつね。当分復活《ふっかつ》できないと思うから、とりあえずは安心してよ」

「あのホテルは……なんだったの？」

「城御前《しろごぜん》と城若《しろわか》っていう親子妖怪《ようかい》の巣《す》よ。その昔、城を失《うしな》った奥方《おくがた》と若君《わかぎみ》がいてね。どうしても城を取り戻《もど》したいと願《ねが》うあまり、妖怪となったの」

そして、彼《かれ》らは化け野ホテルを作った。はぐれ妖怪たちを集めて、閉《と》じこめ、彼らの記憶《きおく》をずっと繰《く》り返し見させて。

「そこに時折《ときおり》、餌《えさ》である人間を放りこんでやれば、ホテルの力が増《ま》して、部屋数が増《ふ》えるというからくりよ。まあ、はぐれ妖怪だけを集めていればよかったんだけど。だんだん調子に乗って、居場所《いばしょ》のある妖怪までさらうようになったから、こらしめなくちゃと思ってね」

「…………」

「どうしたの？」

「ぼく、もののけ屋さんの夢《ゆめ》を見てた気がする。もののけ屋さんは子供《こども》で……森の主から白い羽織《はおり》をもらっていた。もののけ屋さんは……居場所のない妖怪たちを拾ってささやく庄司《しょうじ》の肩《かた》を、もののけ屋はがしっとつかんだ。大きな目がうるうると潤《うる》んでいた。


「よかった。あたしのことをわかってくれたのね。ええ、そうよ。それを知ってもらいたかったのよ。そのために、わざわざホテルに捕《つか》まって……あ、いや、これはいいの。今のは聞かなかったことにして」

だが、庄司は顔色を変《か》えた。

「ちょっとまって！　よくないよ。じゃ、わざとだったの？　わざとホテルに捕まって、ぼくにこんなことさせたってこと？」

「まあまあ、いいじゃないの。この一件《いっけん》で、あたしのことや妖怪《ようかい》のこと、庄司君もよくわかったってことでしょ？　絆《きずな》が深まったってことで、めでたしめでたし。てことで、これからもよろしく。マイ・パートナー」

うふんと、ウィンクされて、庄司の頭の中で何かがプッツンと切れた。

「や、やっぱ、もののけ屋さんなんて嫌《きら》いだ！　大嫌いだぁ！」

「あら、あたしは庄司《しょうじ》君のこと、だ～い好《す》きよ。これからも仲良《なかよ》くしましょうね、庄司君」

「いやだあああ！」

わめく庄司に、にこにこするもののけ屋。そんな二人を見つけ、卵屋《たまご》のたまちゃんが林の向こうからどどどどっと駆《か》けてきた。

ああ、やれやれ。うまくいってよかったわ。

まったく。もののけ屋から、自分をおとりにして、化け野ホテルをとっちめると聞いた時は、どうなることかと思ったけど。

それにしても、庄司《しょうじ》君ってやっぱりすごいわ。あの羽織《はおり》を、百鬼夜行《ひゃっきやぎょう》を使いこなすなんてねえ。なかなかできることじゃないのに。ほんとにたいしたもんよ。

うーん。やっぱり、あたしの相棒《あいぼう》にしたいわねえ。庄司君なら腕《うで》のいい卵《たまご》屋になれると思うんだけど。

もののけ屋、ゆずってくれないかしら？　だめかしら？

……まあ、いいわ。相棒にはできなくとも、助《すけ》っ人《と》にはできそうだし。

うふふ。今度いっぱい手を貸《か》してもらいましょ。うふふふ。

もののけ手帖

たまちゃん

もののけ屋の仲間。二丁目の卵屋で妖怪の卵を育てたり、生まれ変わらせたりしている。庄司のことがお気に入り。

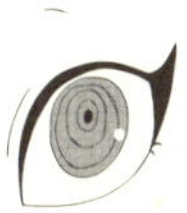

目憑き

あれも見たい、これも見たいと好奇心旺盛。何かを探しているひとに憑りついて、一緒に旅をする。憑りつかれても特に害はない。

害仏

金色の仏像の姿をしているが、中身は邪悪な妖怪。「俺を崇めよ、ひざまずけ」と、誰かれかまわず命令してくるいやなやつ。

どくろ武者

数々の戦いに使われてきた鎧兜が、長い時間を経て姿を変えたもの。いまは、いじめやケンカをはねのける力をもつ妖怪として活躍中。

城若

その昔、無念のうちに城をとられた若殿様の妖怪。いつの日か、必ず城を取り戻すと心に誓いながら、化け野ホテルの支配人を務める。

城御前

城若の母。普段はほっそりとした美しい女の人の姿で絵の中におさまっているが、怒ったときの顔ときたらもう……。

作 廣嶋玲子《ひろしまれいこ》

神奈川県生まれ。『水妖の森』でジュニア冒険小説大賞受賞。主な作品に『送り人の娘』『孤霊の檻』ほか「はんぴらり」シリーズ、「ふしぎ駄菓子屋銭天堂」シリーズなどがある。

絵 東京《とうきょう》モノノケ

静岡県静岡市を拠点に活動する、日本の古いものと妖怪が大好きなイラストレーター。

もののけ屋《や》[図書館版] 四階《かい》フロアは妖怪《ようかい》だらけ

2018年2月20日 第1刷発行
2021年4月5日 第2刷発行

作者 廣嶋玲子
画家 東京モノノケ

装丁 城所 潤(ジュン・キドコロ・デザイン)

発行者 中村宏平
発行所 株式会社ほるぷ出版
〒102-0073 東京都千代田区九段北1-15-15
電話 03-6261-6691
https://www.holp-pub.co.jp

印刷・製本 中央精版印刷株式会社

ISBN 978-4-593-53535-4

この本は2017年11月に静山社より刊行されたものの図書館版です。